心有多大，世界就有多大

梁欢欢 著

远方出版社

图书在版编目（CIP）数据

心有多大，世界就有多大 / 梁欢欢著 . -- 呼和浩特：远方出版社 , 2021.1

（心灵瑜伽系列）

ISBN 978-7-5555-1353-7

Ⅰ . ①心… Ⅱ . ①梁… Ⅲ . ①散文集 — 中国 — 当代 Ⅳ . ① I267

中国版本图书馆 CIP 数据核字 (2020) 第 207000 号

心有多大，世界就有多大

XIN YOU DUO DA SHIJIE JIU YOU DUO DA

著　　者　梁欢欢
责任编辑　云高娃　王　福
责任校对　云高娃　王　福
封面设计　鸿儒文轩
出版发行　远方出版社
社　　址　呼和浩特市乌兰察布东路 666 号　邮编 010010
电　　话　（0471）2236473 总编室　2236460 发行部
经　　销　新华书店
印　　刷　三河市华东印刷有限公司
开　　本　145mm × 210mm　1/32
字　　数　150 千
印　　张　7
版　　次　2021 年 1 月第 1 版
印　　次　2021 年 1 月第 1 次印刷
标准书号　ISBN　978-7-5555-1353-7
定　　价　40.00 元

目录

第一章　青春从来不是一件小事

第二章　爱情不过是锦上添花

第三章　最贵的东西永远是你自己

第四章 婚姻不是一服不如意时的中药

第五章 爱情里，包容有多重要

第一章

青春从来不是一件小事

青春从来不是一件小事

知乎上有人说，青春大概就是前半段闭着眼睛做梦，后半段睁着眼睛做梦，前半段摸着石头过河，渴望像《冰河世纪》里的榛子一样诱人闪烁，后半段才终于明白，一切都在自己的手里，无论是向左走还是向右走，都是可以的。

而青春在我这里是有界限的，我大致将它分为一个阶段，年龄介乎于十二岁到十七岁。这是一段十分美好的岁月，它夹杂着美好的憧憬，还有不安分的叛逆，似乎只有这样，才不辜负如闪电般的青春期。

都说青春期很容易就过去，过了就回不去，其实所有时间过了都回不去，无论是青春期还是中年期。

前阵子同学聚会，跟珍子聊了会儿天，她讲起谁谁谁又离婚了，如今跟一个男人同居。那女同学一度是学校里的风云人物，追她的人很多很多，几乎她一皱眉，就有人问她怎么了。如今虽然没到老年，但她仍然倍受追捧，只是感情的事谁又说得清呢？只怪男人心太大，想拥有更多，又不懂珍惜。

似乎所有故事都离不开遗憾，看着不远处那张似曾相识的脸，我难免想起那段青春岁月——阳光很好的午后，我们走在黄土地上，地上落满开得灿烂的花朵，一阵风吹过，不难闻到紫荆花独有的香味，是我们那一代独有的气息，我称之为青春。

后来看过很多关于青春的片子，可是心中始终认为属于我的青春无法复制与翻拍，它留在脑海里既鲜明又张扬。当年，我们喜欢躲在树丛后面，坐在那干净的石板上倾诉心事。我跟燕子各买一块面包细细地撕着吃，然后透过树丛看前面的篮球场，那上面有我们的英雄，目光一旦落在某人身上便再也挪不开了。

小时候以为这只是少女的情窦初开，今天才知道那时候的情怀再也没有了。是的，如今的我们为三餐奔波，身上的担子重了，再也不会单纯地因对方长得帅、人品好或者学习好去喜欢一个人，如今考虑更多的是对方有赚钱的能力吗？养得起坐月子的我与孩子吗？如果我失业了，他会不会一把搂我进怀，安慰我："别担心，不是还有我嘛。"

这么多年过去了，我们长成不同的样子，偶尔看见穿着校服的学子们意气风发地骑着自行车载着小女友从我身边呼啸而过，我总是忍不住驻足观看，他们身上多多少少都有我们当年的样子，只是遗憾我们那时年少无知，一言不合便分手，没想到一转身便是半辈子，再相遇怕是都认不出来了。

青春从来不是件小事，我们用泪水奠祭无知的青春，因为我们都会在喜悦或泪水中成长，一边是柴米油盐的现实，另一边又是花前月下的浪漫，只是一旦选择了，无论是在一起或分开，再也回不到那段用欢笑与泪水交织的青春岁月了。

珍子拿出手机，点开其中一张照片，指着其中一个男生无限感慨地说：“如果当初不任性，我想我们都儿女成双了。人生有时就是这样，明明活得好好的，却会因为一张相片坠入回忆，最后对方可能连你是谁都忘了，你却走不出来，你说是不是傻？”

我笑了笑，“回忆可以去触碰，可是回忆的那个人是不能见的，因为一见，回忆便没有了。”

珍子点头，“可不是，怕是他已有了啤酒肚，再也不是当年那个翩翩少年了。”

所以到了后来我越来越怕同学聚会，不是怕自己日渐衰老的容颜被年少时的伙伴看到，而是不忍抹杀记忆中那仅存的美好回忆。

逃避从来不是解决问题的关键所在，可是关于青春，我有太多话想说又不知道该从何说起。我们一起躲过雨的屋檐已经拆了，我们一起走过的那条路已经没了当年的样子，可是我就是如此固执地在脑海里保留当年的模样，最要命的大概就是看见似曾相识的屋檐或某个背影仍然忍不住泪目。这世界上如果有什么是值得用一辈子去回忆的话，大概就是那个追风少年遇见了那个梦幻少女，彼此都喜欢，然而没有说出来，又或者说了、拥抱了，却没有继续走下去。

任何遗憾都逃不过“如果”这两个字，如果我主动一点儿，他是不是就能跟我结婚生子，白头到老呢？如果那时我不那么任性，如果我懂得体谅，如果我再温柔一点儿……

奶茶刘若英为陈升执着了十五年，我们却不行，或许是因为我们始终没有遇到那个亦师亦友的男人，或许没有一个男人像陈升一样给奶茶一种不一般的感觉，所以我们都选择各自转身，各自安好。

只有走过那段迷茫的青春期，我们才清楚知道自己需要什么，执着什么，只是再也不肯随便了。

青春期很短，迷茫期很长

二十岁的时候总以为自己还年轻，留给自己的时间还很多，对世界充满幻想，甚至一言不合就辞职。那时的我总认为自己还年轻，可以摔倒，摔倒后能爬起来。因为年轻，我张扬、狂妄，并受当时某些电视剧影响，觉得对酒当歌才是生活，我可以为爱而生，为爱而死，甚至还天真地以为千金散尽还复来。

一次失业后，很久都没找到合适的工作，卡在高不成低不就当中，从一开始睁眼就上招聘网浏览，到海投简历之后怠慢下来，慢慢开始明白光阴易逝，再这样下去也不是办法。果然，一转眼就过了两年，仍然没有找到一份合意的工作。

那时我以为迷茫是因为我离梦想太远了，根本够不着，所以才会这么力不从心。其实梦想有大有小，大的梦想等有能力的时候再实现，先把小的梦想实现了再说。

可是青春啊，它真的很短，很多人的青春像鸽子哨一样一晃眼就过去了。在我还以为自己年轻，还有大把时间可以挥霍的时候，转眼我已经二十岁。那年家里人开始替我着急，我妈嘴上并没说什么，很明显是急在心里，因为很多人明里暗里跟我妈说："你家姑娘都老大不小了，谁谁谁家的儿子就挺不错的，他们家里有钱，你家姑娘嫁过去也享福。你说再这样拖下去成了老姑娘，谁还要啊。"

我妈听了，一开始也会来跟我商量，我嘛，也遂了她的愿，去相了几次亲，但接下来就没有然后，我妈急了，"你不是有他电话吗？主动打电话问问他到底怎么想的？"

我说："妈，什么事情我都可以主动，但对于一个印象并不太好的男生，我并不认为主动是一件什么好事。如果对方认为我不错，自然也会主动联系我。你看，人家都没这个意思，我也不喜欢他，就算了吧。"

裙子的颜色不太好看可以凑合，煮的饭菜不太合口味可以凑合，但唯独婚姻这件事不能凑合。

工作也一样，我固执地认为不能凑合。也许是我的不凑合，我最终没有再去做一份朝九晚五，挤公交地铁的工作。

我也曾有过一段迷茫的时候，那时家里催我找个人凑合过一生。如果我有工作，有一份不错的收入，大概他们也不会这么操心。我被琼瑶剧迷惑了，也被一些诗迷惑了：

去爱吧，就像不曾受过伤一样。

跳舞吧，像没有人欣赏一样。
唱歌吧，像没有人聆听一样。
工作吧，像是不需要金钱一样。
生活吧，就像今天是末日一样。

这是艾佛列德·德索萨传达给我的青春，意思是说无惧时间的去留，只为内心的欢喜，生活应该如诗一般而不是石头般无趣。

然而遗憾的是他没有告诉我，青春很快就会结束，取而代之的是接连不断的个人经济危机。

我的浪漫有一天被打破了，某年冬天，我决定一个人独闯北京，只是到了那里一看，才发现自己太天真，我被现代化的数字打倒在地，手里拿着工作得来为数不多的存款站在街头，茫然而不知所措：回程机票一千四百多一张，酒店一晚上三百多，合租房一千五一个月，不带暖气，一周生活费四百，一周交通费三十，而每个月的工资才三千五……

我以前从不知道钱是什么重要的东西，如今总算领略到“钱不是万能的，但没钱万万不能”的道理。

一个月后，我知道哪里的超市八点以后面包打五折，去哪里买肉最新鲜、最便宜，但必须起个大早赶过去，要不然这么好的东西会被抢购一空。如果那时有人跟我说发了稿费庆祝一下，我会选最好、最实惠的地方去狂欢，并劝那位朋友把剩下的稿费攒起来，不要着急去买什么苹果手机，因为手机只是拿来用的，不是拿来显摆的。

人啊，只要过一段苦日子，就会迅速成长起来。二十五岁是个坎，因为二十五岁之前会视爱情如生命。当时有人问我最大的理想是什么，我会回答：“嫁个衣食无忧的人，幸福快乐地过一生。”

如今，时间像光速般逝去，放在我眼前的只有合同上面的数字；如果车子坏在路边，能自己修就不轻易打电话；把衣柜里廉价的衣服清理出来，再买几件可以撑场面的摆在那里；花一个月的稿费买一颗大钻石以备不时之需；手头有多余的钱就拿去买房子；尽量抽空陪父母，不让父母再出去工作。

在旧大衣的口袋里发现早已忘记的钱会开心很久，接着又会难过很久，什么时候我被现实打倒，并成为金钱的奴隶？这也许就是现实。

我曾经养了一只奶猫，两个星期后它走了，留下一罐猫奶粉与一个空笼子。我把它埋在花园里的时候哭得死去活来，第二天努力调整心态工作，因为逝者已去，活着的人必须好好活着，伤心可以，但我没有太多的时间可以去哭，我得赚更多的钱去弥补那些追不上的时间与错失。

二十五岁之后的时间就像坐上了火箭，青春一去不复还，明白了这个道理之后，再也不肯把宝贵的时间浪费在无果的爱情上，尝试过几次恋爱，在看不到结果之后果断分开，不再纠结，不再迷茫，因为还有更重要的事等着我去做。

人生是否有成就，就看二十来岁那几年的基础是否打好、打结实，因为那个时候人的大脑与身体成熟度都达到最高值。

如果说三岁定八十，那么二十岁则是决定你的人生方向。

很多人把“活在当下”当口号，天天喊着并实行着，他们认为今天不知道明天的事，何不活得痛快一点儿。

其实啊，人生很长，我们要学着规划自己的生活，要想把生活过成诗，必须胸怀大志，并略有积蓄，什么东西都要学点儿，要不然就会活得很狼狈。我身边很多三十多岁年近四十的人仍然为温饱而苦苦挣扎着，与他们聊起过去，他们认为过去的自己过得太潇洒，而太潇洒的后果往往是后悔。他们年轻的时候今朝有酒今朝醉，从不去想钱在将来扮演什么角色。追忆过往，他们几乎异口同声地说：“如果那时有人教我们怎么生活，我也不至于活到现在仍然为五斗米折腰。”

钱很重要，但怎么去赚这个钱，就得靠自己本事，毕竟君子爱钱，取之有道。

去超市买了两瓶原装进口红酒，到一楼卖玉器宝石的地方给自己买了个心仪很久的镯子，再把老土的黄金耳环摘下，换上一对钻石耳环，一天的花费比我一个月工资还多，但我已经想好怎么把这些欠下的债填补。

其实年纪越大，越能控制的东西越少，比如日渐肥胖的身体，比如一换季就病的问题，而我唯一能控制的就是怎么用金钱去弥补这些美中不足。是的，我必须在四十岁来临之前有足够多应付“以防万一”的财富，才能过好这一生，所以如今我的眼里除了金钱没别的。因为只有金钱不会让我过以前的苦日子，只有钱才能孝敬父母。相信我，青春期真的很短，而迷茫期又很长。如果你正是二十出头，正为恋人不懂自己而烦恼，又或者刚失恋，仍然迷茫而又毫无方向，请记住这句话：时间不会因为你难过而停止，不该把时间浪费在无用的人与事上面，好好努力去赚钱，十年后的你会感谢现在拼搏的你。如果你不努力，沉迷爱情，终日无所事事，那么十年后的你也许只是假装安于现状，心里早已懊悔不已。

不要苦过、挣扎过才发现生活不易，应时刻保持高度警惕。生活就如逆水行舟，不进则退，在时间的长河里什么都会失去，青春不再，美貌不再，爱人会走，唯独你赚钱的本领是自己的。

在青春期打下结实的基础，用迷茫期巩固，才能活出精彩绝伦的一生。

心有多大，世界就有多大

闺密 TT 是一个唯小龙虾与包不可辜负的女人，半个小时前她在朋友圈发了一张图片，是一个卖包包的门店，很多名牌包包放在透明的玻璃柜上，被橘黄的灯光一照，简直就像给那些包包镀了一层黄金。

我问她："你开店了？"她说不是，是朋友的一家新店，她帮忙宣传，末了还叮嘱我，买包记得去朋友家，朋友家货靓版正，超实惠，最重要的是报她的名字可以打折。

细看之下，发现她体贴地放上了店主的二维码，不免被她的举动感动，这让我忍不住想起第一本书发售的时候。朋友圈很多朋友平时都不看书，但都会友情买我的书，并介绍他们身边爱看书的朋友看我的书，TT 也是其中一个。记得那时我并没有让她替我宣传，她收到我的签名书执意发了一个大红包给我，亲自拍下书的封面与签名页发到朋友圈，并体贴地配上一段文字：看着你颠沛流离，看着你梦想成真，念念不忘，必有回响，真心替你高兴。

我十分感激她，这种心情大概就像她的朋友十分感谢她能随手转发到朋友圈一样，于是我也随手转发了那张照片与二维码到朋友圈，并配上 TT 的名字，说去店里报她的名字可以打八折。

没想到半个小时内，朋友圈都被这几张图片刷屏，原来我跟 TT 之间有不少共同好友，她们都自动转发了这条信息。是啊，这一举动足够让我感动一个下午，看到这转发背后的意义，久久不能平复激动的心情。

我忍不住又发了一条文字信息，大意是十分高兴，不光是为 TT 朋友的新店开张，还为我们这一群热血青年，我们冒着被朋友屏蔽或拉黑的风险做了一些宣传，不是为了自己，而是替朋友高兴，希望朋友们都越来越好，这种真心实意用行动去支持、祝福朋友的友谊真的越来越少了，感恩。

有个朋友发我私信，说十分羡慕我有这样的朋友，她还说现在的人啊都在互怼，哪有什么真情可贵。

她的这番话让我忍不住想起很多，那年我大概二十岁吧，去香港一个亲戚开的公司实习，工作之余老板会带我去吃饭，逛逛香港大街，买东西的时候她并没有挑最贵的买，而是挑最合适的买。接了一个电话后，她想起下星期有一个朋友过生日，于是带我进了名店，挑了一个一万多元的皮包做礼物。

我看她花在自己身上的东西都不过两千，而送给朋友的礼物却那么贵，忍不住感慨地说了一句："做你的朋友真好啊，过生日可以收到这么昂贵的礼物。"

她趁销售员包装礼物的时候对我说："朋友之间不要计较太多，我对她这样，她对我自然也就不会很差。要知道我们公司刚开始的时候因为资金周转不灵，她仗义出手，去银行给我贷了十万，私下借了我十万，这些事我不会忘记，她也不会忘记。她那时帮我也不是举手之劳，虽然后来公司上了轨道之后我把钱还给她，但朋友之间的情分是还不清的。"

后来跟她去了那朋友的生日派对，发现她们圈子的人都是这种做法，主人把礼物都拆了，然后又玩儿了一个抽签的游戏，巧妙地把礼物返还给送礼物的人，然后大家齐聚热闹了一场。主人见有这么多朋友抽空过来替自己过生日很开心，朋友们又抽到了满意的礼物，真是皆大欢喜。

一开始我只是肤浅地看见老板送了一个一万多块钱的包，但不知道这一万多只是她朋友帮助她的时候的利息，后来抽签的时候她抽到一个钻石手镯，这手镯比那个包的价格又高出很多，到最后所有的付出都得到了回报。

这样的交友方式跟普通朋友的格局完全不一样，很多人交朋友几乎像做生意一样不是你死就是我亡，朋友有难拒绝伸出援手，朋友成功了又一副看你能好多久的样子。

以前我在朋友圈里卖包，很多朋友都会说："支持，我看中的记得给友情价啊！"只有一个朋友试探着问："可以送我一个吗？朋友之间送一个包，你不会介意吧？"

我跟她解释："包不是我的，我也是从厂家拿货，而且现在我手上也没现货，就好像当初你叫我送你一本书一样，我手上是没书的，我也要去当当下单买回来再送给你，要不我去你家挑一双鞋，你也送给我？朋友之间不会介意吧？”

她讪讪地说：“这么小气啊，你不就是出了一本书嘛，嚣张什么啊！”

矛盾升级的原因是她只看到我出了一本书，却没看见我以后还会出很多，就好像她只看到我不送包给她，却从来不想想我到底是真的要她送我鞋，还是让她体谅我。

动不动占朋友便宜的她，如今已经很少有朋友会跟她玩儿了。后来她看见我卖包交了很多朋友，也想跟我一起卖包，我直接拒绝了她。她说：“你心胸真狭窄，不就是没跟你买包吗？那我现在买你几个包可以吗？”

我坦言道：“真不是因为这个。你只看见我没送包给你，却不知道我每个月送出去的包不下十个。还记得那年我刚开始做生意的时候缺资金，我第一时间想过你，问你方不方便借我两万，你那时说有，但不方便借给我。后来另一个朋友借给我三万，让我渡过难关。本来过去的事就过去吧，但后来你又叫我送包。你也知道，一个包成本价就好几百，我可以送，但我觉得送给你不值得，所以我没送。就好像你现在误会我不跟你合作一样，我们之间的处事方式不同，彼此看不顺眼，一开始就这样，往后的日子就更难说了。”

那年落魄，我借住在一个朋友家，她给了我一个安身立命的地方，日后只要我看见她的包有破损，总会找个借口送她一个。

如今我的新书还没印出来，很多朋友已经问我新书什么时候上市，并且叮嘱我上市了一定记得发朋友圈，因为她们都会组团来支持。

很多人会输，是因为输在格局上。心胸与格局是相辅相成的，有些男人做生意很成功，很大原因是吃了小亏，不计较，并且目光远大，不拘于眼前。

心胸开阔的女人很少，因为她们做不到不忌妒，看着别人好居然会很难受，却没想通一个道理，别人好自然有别人好的地方，既然自己不够好，为什么不从自己身上找问题呢？反而花时间去难过、生气、嫉妒，那不是傻瓜吗？

记得网上流传着一张很经典的图：一个人砍掉了别人的脚，他背着几个脚，并用一个脚做拐杖，但并没有比别人走得快。

看见别人比自己好，不祝福没关系，但真的不要去使坏，因为这样只能拖慢你自己的脚步。如果你把心胸放宽一点儿就会明白，别人的东西你抢不走，自己拥有的东西别人也拿不到，把目光放长远一点儿，想想怎么追上别人的脚步才是关键。

心胸、格局跟钱没多大关系，开 QQ 车的不一定就是素质不好，而开大奔的也会有人随地吐痰、乱按喇叭。做个格局高、心胸开阔的人并不难，只要目光远大，三观正就可以了。你的心有多大，世界就有多大。

记住，无论做朋友也好，做生意也好，你把别人踩下去不代表你就赢了。最蠢的一种人就是永远看不得别人好，他们愤愤不平，一心想着怎么拖垮别人，只要看见对方可怜兮兮的样子就开心。说句实话，别人不吃你的不喝你的，而且凭的是自己的能力在社会立足，相比之下你的妒忌显得太小心眼，这样一来你又怎么可能交到知心的朋友！

你不用为了我去刻意改变

本以为男人的誓言听听就算，不能当真，但热恋时谁没说过那些自己都没把握的誓言？后来为了实现承诺，简直可以说是拼了命地努力去做，只为证明自己当初并不是吹牛。

丁当来找我的时候我正在赶稿，她进门水都没喝就说：“你知道吗？刚在你家附近的幼儿园躲雨看见一个母亲在训孩子，妈妈可凶了，那孩子一个劲儿地说以后不会再犯了，她还是不依不饶，反复地说自己在家里多么辛苦，为了带他连班都没上，准点来接他放学，结果孩子在学校闯祸，她就崩溃了。话又说回来，孩子是她生的，她带是应该啊，而且我看那孩子挺乖的，孩子也答应以后不再犯同样的错误，她怎么还是一副怨妇的样子呢？”

我问：“刚刚下雨了吗？我怎么不知道？”

丁当叹了一口气，“这不是重点，重点是什么事情让一个女人变得这么不可理喻，而且简直成了一个十足的母夜叉呢？”

我说：“每个女人被宠爱的时候都会温柔似水，相反，如果被忽略、被苛待，那么再温柔的女人也会变得凶神恶煞。其实她的表现恰恰反映出她过得并不好，也许家里一堆破事等着她去处理，她辞了工作待在家里相夫教子，但又苦恼自己没有更大的贡献。当然，也许她还在愁只有老公一个人上班，工资根本不够日常开销。归根到底，都是她日渐卑微的内心与老公渐行渐远的身影所造成的。如果她在家里足够被重视，她那家庭主妇的身份得到认同，丈夫及时体谅她的苦处，那么她也不至于为了一件小事而拿孩子撒气。女人终归是水做的，遇到冷空气自然就结成冰。有人关心她，宠爱她，她就温柔似水；有人冷落她，她就坚硬如冰；有人对她指责抱怨，那么她就满身戾气。”

丁当瞪大眼睛不可置信地看着我，很久很久才说出一句：“佩服，不愧是写书的。”

这让我想起一个故事。

老胡是一个帅小伙，却毫无理由地喜欢上一个脾气暴躁、任性的姑娘小言。很多朋友都劝他，算了吧，天下何处无芳草，何必在一棵树上吊死呢？放眼看去，百步之内尽是佳人啊。但老胡就是死心眼儿，认定了小言。大家见劝阻无效，便由他去了。

小言确实是脾气不好，但她也不是完全不讲道理的人。

我记得有一次小言怀孕的时候想吃榴梿，而老胡下班的时候街上的水果店都关门了，他只能空着手回去。小言见他回来没带榴梿便发起火来，跳着脚指着老胡说："你除了加班加班，你有照顾过我的感受吗？我现在想吃榴梿，你没时间去买，你不会告诉我让我自己去买吗？我今天吃不到榴梿就睡不着，你看着办吧。"

其实老胡辛苦加班不就是为了多赚点儿生活费，好让她跟孩子过上好日子吗？老胡没时间，那不是因为不舍得她挺着个大肚子跑来跑去辛苦吗？但小言就是不能理解他，还任性地说一定要老胡把榴梿买回来才能睡觉。老胡只好出门，打电话给一个做水果生意的同学，开了一个多小时的车到他店里买上榴梿，一来一回两个多小时。老胡回来的时候小言已经入睡，但老胡也没叫她起床，而是把榴梿切好，用保鲜膜包好放在冰箱，这么一来，小言醒了就有榴梿吃。

生完孩子，小言一直没瘦下来，小言又指责老胡："要不是为了你，我才不会生这孩子呢！你看，我身材都走样了，都怪你，漂亮的衣服有什么用？我这身材穿什么都不好看。"

老胡说："我就喜欢你胖啊，胖才有福气，那种竹竿一样的刮阵风就吹跑了，谁会要啊？你穿什么都好看，真的，你颜值高嘛，以后我会努力挣钱，给你买好多好多漂亮的衣服。"

听了老胡的话，小言笑了，脸上的笑容充满了自信。

有一次朋友聚会选在他们家，老胡如常在公司加班，小言只好亲自下厨煮了几道菜出来，可是汤里放多了盐，鸡翅没煮熟，青菜用煮过鸡翅的锅来炒味道怪怪的，大家嘴上说：“你福气真好，平时都没怎么下厨吧？”但小言听在耳朵里就不好受了，等老胡回来后又抱怨自己连饭都做不好。

老胡说：“你不会做我来做啊，我又不嫌弃你，干吗要活在别人的嘴里呢？你的优点可多了，你又不乱花钱，又会带孩子，还会做家务。”

就这样，小言渐渐地从胡搅蛮缠变得通情达理，从蛮不讲理变得温柔贤淑，心宽了，人自然就美了。如今孩子也上幼儿园了，她抽空去练练瑜伽，跟楼下的邻居学学古筝，要不然就在家看看电视，一个人带着孩子等老胡下班回来，最重要的是为了证明自己做的菜不难吃，她居然报了个厨艺班，认真学起做菜来。

有一天我碰到她，她跟以前判若两人。我跟她随便聊了几句后便切入主题，问：“你现在变得好漂亮啊！”

她自信地仰着头笑了笑，“我记得老胡说过，我喜欢什么都可以去做，他都在背后支持我，他就是我背后的那个男人。我不用刻意去减肥，他喜欢我胖胖的。我们俩休息的时候，喜欢躺在沙发上吃膨化食品。我不用刻意去改变，因为他喜欢的就是最真实的我。”

其实当一个人无条件地对另一个人好的时候，那个人是会感受到的，她也会用温柔相待，慢慢变得温和起来。

有人说嫁对人就会有美好的人生，其实嫁人是一种生活方式，他给你一种怎样的情怀，你便拥有怎样的心胸；他给你怎样的安抚，你便会有怎样的心态。

女人是猫，你对她好，她便乖巧懂事；你宠爱她，她自然便有安全感。那些忐忑不安、患得患失都是男人的不确定给她造成的困扰，而被爱滋润的女人，眼角眉梢都透着一股自信与温柔的气息。

男人只需一宠到底，记住：女人不必为你做任何改变，因为你是因她的真实美好而爱上她的。用心去宠一个女人吧，这样女人才会温柔如水，才会娇艳亮丽、善解人意。

男人怎么对女人，女人便会怎么对男人。男人需要的是理解与尊重，而女人只是单纯需要爱。唯有爱，方可让女人容光焕发；唯有爱，可以孕育一个女人的第二次生命。

聪明的男人都知道宠爱自己的妻子是一件十分荣幸的事，她不光是你的老伴，还是你孩子的母亲，是你父母的儿媳。一个女人的幸福可以说决定了这个家庭的幸福，只有这个女人舒坦了，那日子才会过得幸福。

不该在奋斗的年纪沉迷恋爱

晓玲满脑子都是男人，深夜睡不着总爱在朋友圈发一些短句，什么“那场雨并不特别，难忘的是我们俩躲过雨的屋檐等”。

昨晚，她多喝了几杯，更是疯狂地刷起屏来，“全世界都知道我喜欢你”，并在微博圈了她想的那个人，然后迷迷糊糊地倒在公寓的大床睡了过去，直到一个电话把她从梦中惊醒，是那个男人打来的，他在电话那头冷冷地说：“把微博删了。”

没有感情，他仿佛在跟死人说话一样。她早已习惯他的命令，乖乖删了那条酒后微博。其实那也是她喝多了之后的放手一搏，她觉得如果你爱我，总得有点儿表示。

酒醉三分醒，她自然是没有完全醉，只是想找一个树洞，把该说的、想说的话全都说出来。当然，她也不期待他看到后有什么直接反应，只要他看了，那么她的目的就达到了。

酒精上头，第二天整个上午她都是昏昏沉沉的，因为发错了一封邮件，下午便收到人事部辞退她的消息。

这也是意料中的事，她本来就不喜欢这份打杂的工作，高不成低不就的，一天下来也没干点儿什么，拿着饿不死、饱不了的死工资，还不如现在回去补个觉，晚上再去男神出没的地方来个偶遇，点缀一下生活更实在。

当然，这只是她一厢情愿的想法。一个女人没有工作就没有底气，就连在外面喝杯水都得想想有没有超支。这种滋味没多久她就感受到了。那个男人依然没有因为她的偶尔出现而喜欢上她。

想当年我在失业之际也在想找工作不如嫁个好老公，结果畅快淋漓地跟男朋友吵了一架之后发现，房子是他租的，水电是他交的，就连床都是他买的，屋里除了我的私人物品，似乎没有什么东西属于我的，该死的是，就连我的私人物品都是他给我买的。那次吵架让我丧失了所有底气，那一刻简直连死的心都有。

一个人拿着背包流落街头，坐上的士不知道去哪儿的感觉其实一点儿都不好受，哪有电影上女主角头也不回那般潇洒！在车上看着后退的街景，顺便翻开手机，看了看某作者写的那篇《有个富豪朋友是什么感觉》。这篇文章的大概意思是，她的朋友在某楼盘躲雨的时候顺手买了几套房。我看完后直接哭了，这么多年我把时间花在一个男人身上，如今这个男人却因为不爱了，把我置之门外，这种感觉没经历过是不足以感同身受的。

后来我重新找了一份工作，按我爸的话说是骑驴找马，在没找到马之前，我必须学会低头。于是，我在那家公司做了六年，职位没变，拿着不多不少的薪水，但我学会了一套做人的道理，学会了做事之前先做人，学会了沉稳，然后用余力去爱人。

闺密小仪总说，如果上学那会儿稍微对金钱有点儿概念，也不至于混到快三十岁还没有钱交一套房的首付。

我的心没她那么大，但也觉得她的话十分有理。如果那时我们都用恋爱的时间拿来赚钱，钱可能不会很多，但至少不会活得如此狼狈。

看着如今的年轻一代为了爱情彻夜不睡，总幻想一朝入豪门便衣食无忧，把所有的时间都花在男人值不值这个问题上，很想告诉她们，就算这个男人值得你为之黯然，为之心醉，你目前最重要的是用微薄的力量为自己的银行卡添上一笔；就算还没毕业，你也应该去找份兼职，无论是家教还是服务生，这份工作都会在你的人生道路上写下重要的一笔。

二十几岁的姑娘天天恋爱至上，恋爱大过天，有几个承认童话故事都是骗人的？爱人如命，不如问问自己有没有这个能力去爱。

很多姑娘找我倾诉，“他明明还在朋友圈里点赞，为什么不回我微信？”

“他是不是不爱我了？他要跟我分手吗？”

“啊啊啊，没有他我活不下去啊。”

她们花了大量的时间去揣测爱人的心思，白白浪费了大好光阴。我说：“你的倔强真让人舍不得责骂，如果我是你妈，很想一巴掌拍醒你。”末了又忍不住安慰她：“其实当年的我跟你一样，我也以为没了他不能活，但离开他之后，我不是活得好好的吗？”

所有的恋爱不是分手就是到最后修成正果步入结婚礼堂，总不能只允许修成正果不许分手，难道分手的那一群就都不活了？

当年爱得要生要死，讽刺的是十年后的今天，我已经把初恋情人忘得一干二净，就连他的脸上到底有没有酒窝都想不起来。

今天你们要做的是，不要因为恋爱而耽误了正事，该干吗还是得干吗，人生很长，而爱情，只不过是漫长的人生中一个甜蜜的点缀，有当然最好，没有也没什么大不了。

为什么我这么说？是因为用谈恋爱的时间与金钱换一场无疾而终的感情终究是不值得，会让你在人生中最好的年华里错过最重要的跳板，而这个跳板错过了，以后可能就不会再有了，因为青春不复，时光如流水，错过了就只有遗憾。

当你还在纠结他到底爱不爱你的时候，有人已经赚到第一桶金，开始人生第一次旅行，也有人拿着名牌毕业证书敲开世界五百强的门。这些头戴光环的同龄人告诉我，别在该奋斗的年纪谈恋爱，因为人生并没有那么多一帆风顺，不要错过人生中最重要的拼搏机会。

听说你不想上学

最近闺密小意跟我吐苦水，她说早上到女儿房间叫孩子起床的时候，孩子总是闭着眼睛说还没睡醒，不想上学，还说想要像她一样上班，多轻松多好。

小意对孩子说："每个孩子在小的时候都要把基础打好，要不然上班的时候连字都不会写，没有老板会要你。你这个年纪还是先学好知识，长大了就可以像妈妈一样，要不然没文化、没知识就找不到工作哦。"

我听了苦笑，"她慢慢就会知道，大人上班一点儿都不轻松，好吧？现在竞争这么激烈，找一个称心如意的工作很难。总之，长大了才发现，原来学生是最无忧无虑的，最担心的是考砸了回家挨揍，不用害怕丢了工作无家可归。"

前几天，我另一个女友在小女儿上小学满半年后出去找工作，慨叹如今的社会变化太快，她的专业已经过时，而她需要那种可以照顾家庭，又正常上班的工作，太难找了。如今，要么愿意奉献时间，用时间来交换金钱；要么有才，以才交易。相较之下，她什么都没有，向我倒苦水："前台有身高与年龄要求，外企有英文要求。我降低要求，做个文员吧，但这么多年我做美容行业，根本不懂基本的计算机软件操作。如果我从头再学，又不太感兴趣，而且等我学会这些，拿到手的工资还不到以前的一半。最后，我只好去应聘一家金融公司。上班时间没问题，可是孩子有什么事我总要请假，半个月后，老板找我谈话，他一点儿都没浪费我的时间，多开了半个月工资给我，直接叫我回去。"

我拍了拍她的肩，安慰她："你已经很好啦，我另一个朋友没有学历，又不想做压力大的工作，直接去超市做了促销员，就是那种站在货架前卖东西的销售员。好不容易熬了几个月，老板愣是拖着她的工资没发，你说找谁呢？她又不属于商场的员工，找劳动部门吧，当初入职的时候又没签劳动合同，只能拿着每天打卡的那张表找老板要钱，折腾了好几个月后终于拿到钱。她哭着说如果当初好好读书也不至于沦落到如此地步，后悔上学的时候没用心，弄得如今苦不堪言。"

我老板是从海外留学回来的，有时他回忆往事，经常说的一句话是："知识改变未来。"

饭桌上，他时而中英文夹杂，时而如数家珍般说起国外的风土人情，听得我们羡慕不已。那时我说："我就是懒，什么都不想学，人生都快过半，才发现一事无成。不过如今还好，我把兴趣当成事业，一辈子做一件事，下半辈子我能躲起来拉一条网线工作，所以我已经很满足了。”

他说：“学东西什么时候都不晚，我一朋友年近四十，因为自己的学历不够，没有敲门砖，前几个月重新读了一个文凭，后来又报了外语班，因为她想到外企工作，英语不过关或不懂英语是很吃亏的。”

有人问：“学习是唯一的出路吗？”

他说：“对于有钱人来说，他们有太多选择。他们已经替子女选好人生路，子女只要健康快乐地成长，专注自己的兴趣就好。即使如此，仍然有很多努力的富二代、富三代。对于我们普通人来说，只有一条路可以走——因为我们都不想活得太差或没有质感，我们不仅仅要活着，而且还要活得有质量——那就是学习。”

我们没有一个可以跟别人拼的家庭，我们唯有靠自己，如果在该努力的时候不努力，那么错过的不光是宝贵的光阴，还有那些回不去的年纪。

我跟小意说：“回去跟孩子说，比起那些面朝黄土背朝天的农民，工地上日晒雨淋的工人，还有市场上风吹雨打卖菜卖水果的叔叔阿姨，你会发现，学习真的不累、不苦，学习可能会枯燥一点儿，但你对学习产生兴趣，或有了自己的人生目标，你就知道学习其实是一件十分快乐的事。在象牙塔的这段时光是最不能辜负的，因为它承载着你的梦想，而这个梦想会让你的人生落地开花，让你的人生充满希望和可能。”

十年寒窗，不仅能解决你的温饱，还会让你的目光从此与众不同，不苟且，不迷茫。如果在该学习的年纪得过且过，那么往后的日子你会后悔得连个诉说的人都找不到，这就是现实。

等你学有所成，光宗耀祖的时候，那些熬过的夜，背过的单词，起早贪黑的日子都变成故事，这些故事会铺成一条宽阔的路，通向成功之门，带你到你想去的地方，完成你儿时许下的梦想。

谁都不想一辈子碌碌无为，但谁也不会不付出就有收获。学习是通往成功的途径，愿你从中找到学习的乐趣，从厌恶到喜欢，然后沉迷，最后一发不可收拾。

黄金万两抵不过如花容颜

看完电影《喜欢你》的朋友都忍不住发出一声感慨：周冬雨现在才长开，真是青春无敌啊！

青春何尝不是这样？但青春只是一个时期，更何况过得最快的那个阶段便是青春岁月，留是留不住的，那怎么办呢？女人啊，终其一生也不过是为了爱情而活着。爱情可以令人重生，也能令人死心，而参透爱情的女人终是那么温润如玉，就像从没受过伤一样去爱别人，也被别人深爱着。

静初是一个视爱情如生命的女子，一个温婉的南方女子，在情路上屡受挫折，为了爱情而结婚，也因失去爱情而离婚。我佩服她的不是屡战屡败，屡败屡战，而是别人都以为她会呼天抢地哭闹时，她居然微笑而淡然，带着少女的倔强与叛逆。别人想看她出丑，她偏不！

每次离婚她都很痛苦，她不曾忘记相遇时的悸动，结婚时的幸福。既然幸福留不住，她对爱情最大的尊重便是放手，懂得凡事适可而止。

当她说起那些往事时，居然像个少女一般笑了，笑容中多了些智慧与狡黠。

她结过三次婚，又离了三次婚，但这并不妨碍她编织自己的梦想，带大自己的孩子。如今，她又第四次谈恋爱，也会有第四次婚姻，她说："走错了路记得回头，如果没有回头路那便拐弯。爱错了人要学会放手，谁都不是天生就跟谁在一起的，有时候一刹那的光辉便是永恒。"

爱过，不悔，不爱，放手。

我妈说过，如果男人爱你，根本不会在意你结过几次婚，生了几个孩子，因为他很清楚，他喜欢的人是你，他要跟你过余下的日子，而你也不是为孩子找个后爸，而是为自己找个伴侣。当然，有时他也会在意，他在意从今往后你身边的是谁，他在你心里到底是谁。

很多女人困惑，是担心自己再也嫁不出去，如果婚姻不再是女人的归宿，这种担心就显得多余与可笑了。

自然，你经历了什么，爱过一些什么人，并不妨碍你以后继续有爱人的能力。静初做了很多年单亲妈妈，在没遇到第四个男人之前，她一个人撑过了很多个黑夜。她知道熬过那些艰难岁月之后，黎明的曙光就会降临。她对爱情仍然抱有幻想，看见帅哥仍然心动，如今她仍然喜欢一些小鲜肉主演的电影或电视剧。

岁月并没有饶过她，过完生日，她便走到生命的三十五岁，无论用多少眼霜，眼角已经开始出现一道道鱼尾纹。这是一道坎，她面临的可能是更年期，也有可能是元气满满的少女。她之所以有一颗少女心，是因为她从未放弃过雕琢和改变自己。她之所以经过很多事情后仍然保持单纯与善良，是因为她知道单纯与善良的美好。

少女时期的我们太过执着，如今我们已经学会放手，从头再来。很多人年纪越大胆子越小，余生都在回忆过去，总以为逝去的美好再也不会回来，那是因为她们不清楚自己到底想要什么，固执地怀念过去的人与事，却又白白地过了一天又一天。如果我们用这些时间好好工作，好好生活，我相信不会一边慨叹年月逝去，时光不饶人，一边又感慨自己一事无成。

开心就笑，难过了等一下再笑并不那么难，把每一分每一秒都活到极致是最有安全感的。我们努力生活的样子，最终会让生活变成我们想要的样子。

不浪费时间，把每一天都当作生命中的最后一天，拼了命地努力工作生活，这是爱自己的表现。我们穷尽一生去证明这辈子我们都没有白过，相信这样的一生最终都会被爱。

那些看起来生活得毫不费力的女子，她们正努力地跨越着自己的年龄，在那些不为人知的背后，如女超人一般去拼命，因为在前进的路上，她们没有时间怀念过往，她们知道不努力就会倒下。她们没有依靠，却活成了别人的依靠。

揣着一颗少女心行走江湖并不代表不明白江湖险恶，恰恰是因为明白，所以才活得单纯而美好。她们不依靠别人，也不太会计较，不伤心难过，自然就没有憔悴与衰老，从不需要寻找，却因为光芒万丈，反而吸引了一些仰慕者。

或许某个阶段在男人的爱情里成长，在自己的爱里坚强，但我们的人生不应只有男人，记住，我们还有双亲、朋友、孩子。这么多年，静初活成我们的榜样，用心演绎着自己低调而奢华的人生。有能力的女子一般都是把苦日子过得鲜活动人，只要撑过那段最艰难的阶段，原谅生活带来的所有不公，用一颗少女的心看尽世间苍凉，心存慈悲，然后再用浪漫去抵御残酷。

是不是少女没关系，我们至少还有一颗抹不走的少女心。最难能可贵的是随着年月逝去，皮肤色相日渐衰老，你却仍然对生活无所畏惧，并有人为你守护那颗少女心。

越自律，越优秀

不是所有的成功都发生在天才身上，成功就像拔河一样，不到最后不知道谁赢谁输。成功，很多时候在于一个人是否自律，然而自律无疑是一件十分痛苦的事，它意味着十年如一日的坚持，没有强大的意志力是绝对坚持不下去的。

刚毕业出来工作那会儿，大概很多人都有跟我一样的感觉，好不容易脱离校园生活，怎么也得放纵一下，比如晚睡早起是常态，有事没事吃着零食刷着淘宝，工作之余买买买，上班之际收快递。自然，这些事情都占用了上班时间，躲着领导做。

跟我一样刚毕业的小维不一样，她几乎每天都在学习新的东西，我们在刷淘宝的时候，她学 PPT；我们收快递的时候，她在看职业书。她几乎将学校的自律和习惯带到公司，每天不到七点就起床，出去跑步顺便吃个早餐，回来洗澡然后读资料。除了正常工作，其余时间她就像一块海绵不断地吸收新的东西。有一次，我半夜两点睡醒，发现她那边还亮着一盏小台灯，我走过去对她说："身体要紧，女生过了十一点睡会影响内分泌，就算是个男人也不应该熬夜，身体才是革命的本钱啊。"

她回头一笑，"现在比学校好多了，学校十一点准时关灯，想看书看久点都没机会。明天不用早起，我得抓紧时间把这本书看完。"

我摇头，"学校十一点关灯也是希望你不要学习得太晚，早点儿睡吧，累垮了才后悔当初为什么不早点儿休息。"

她点头，"好，还有两页，马上去睡。"

我躺回去的时候脑袋一下子清醒了，暗暗觉得别人的成功是有道理的，像小维一样一直没有放弃学习，已经做到实习主管一职，而我还是普通文员。我一直认为比智商大家都是不相上下，但到了这个时候才发现，无论我怎么追赶，跟小维拉开的那段距离，恐怕是再也无法赶上了。

其实大家的智力相差不大，主要看平时的时间都用在哪里。生活中自然有绝顶聪明的人与真正的笨蛋，但这两类毕竟是少数群体。世上普遍存在的正是我们这些普通人，只是普通人之间的差距并不是用肉眼可以看到的。那些我们看见的聪明人并不是天生就比我们聪明，而是他们比我们更加努力。所以，决定一个人成功的因素是他花了多少时间在学习与积累经验上。

我们每天花大量时间追剧，刷淘宝，收快递，这种八十岁都可以做的事情毫无技术可言，说白了就是浪费时间。我见过那些不求上进的人，他们为现状感到焦虑，又没有决心去改变自己，做什么事都三分钟热度，之后抱怨自己不争气，成天混在社交网络上，争分夺秒地玩游戏，晚睡晚起，脸色蜡黄而气息不佳，隔着屏幕与人类接触，而在现实中不大与人交流。他们用充满理想的头脑活在没有人烟的世界里，看似自在，却过着最难熬的日子。

努力的人却把时间用在学习上，自然获得成功。

这种结果不难显示一个人的自律，就好像你是先打开文档还是打开微博，刷微博的人在娱乐，打开文档的人却在工作，这就是距离。

都是一样的时间，就看你怎么用。事实上，真正懂得时间管理的人知道时间不会增加，却可以提高工作效率，尽管这种工作效率也是有限的。自律的人知道怎样管理自己，自觉地将更多的时间投入到那些有益的事情上。那些一边吃着爆米花看着电影，一边慨叹没事业的人该好好反省一下了。

其实优秀并没有你想象的那么难，你只要坚持下去就可以。我朋友半年前坚持每天学一句英语，如今她可以用口语跟外国人深入交流。还有一些坚持瘦身的姑娘，每天坚持练十个仰卧起坐，每天坚持晨跑，想不瘦都难。我的好友小婧每天坚持写两到四千字，年纪轻轻已经出版了十多本书。

成功可能跟天赋没多大的关系，但跟坚持努力有很大的关系，有些人十年如一日坚持做着认为对的事，他的生活与工作渐渐有了不一样的变化。有人说下雨就不要去跑步，但那些坚持的人依旧穿着雨衣在跑，他们所做的也是最关键的，那便是自律——在没有人监督的情况下，也要完成自己定的目标。

很多人都会忽略日积月累的威力，不知道自己也可以是一个很厉害的人。有时我们宁愿相信自己是一个平凡的普通人，满足于家长里短，也不愿意每天花两个小时去试着改变自己。

一旦你意识到原来自己也可以，那么你会愿意做出改变。两个小时不长，你可能在吃西瓜追剧中度过。试着用这两个小时去做别的事，比如翻几页书，读几句口语，日积月累，你会发现自己的知识增长了，出去与别人聊天也可以出口成文，自己的口语也可以如此流畅，见到外国朋友再也不用傻笑以对。

你要做的，是每天往前挪一小步。其实坚持做一件事并没有想象中那么难，最后你会发现，接近梦想并实现梦想并不需要天赋，也无须依靠所谓的人际关系，你自己就是自己的贵人，不必着急，不必焦虑，因为命运最终掌握在你手中，你完全可以将未来交给自己，去实现那遥不可及的目标。

唯有自律可以帮你实现梦想，唯有自律才能解决人生的痛苦。一个放任自己，做事永远三分钟热度的人，他的人生注定是失败的。

感情中精神独立比经济独立更重要

有一种女生，钱不多，相貌平平，但她就像大树一样让人感到可靠。

子玲与前男友分手的时候，她问：“为什么你要跟我分手？她哪儿比我好了？她钱没我家多，人长得没有我漂亮。”

前男友说：“她什么都没有你好，但她不会在我开会的时候打电话给我，不会闯了祸跑到我跟前哭，叫我想办法解决。我真的很害怕你跟我抱怨，把所有的责任都推到我身上，明明你才是那个闯祸的人。她不一样，你知道吗？她很独立，生病了知道我在忙，她会一个人打车去看病；下雨了，不会叫我大老远送伞给她；受了委屈一个人哭，最多跟我诉说一下，绝对不会跟我又吵又闹，因为不是我让她受的委屈，她发泄完了就好。她对我有求必应，却从来不跟我提什么要求，她独立自主的个性十分适合做伴侣。”

是的，很多女生十分会照顾身边的人，久而久之她们好像也忘了自己是需要被照顾的。她们认真做事，努力工作，为的就是有一天站在爱的人身边，不管他是富甲一方，还是一无所有，都可以坦然面对他。他富有，她也不会觉得自卑；他贫穷，她也不至于感到落魄。这就是女人努力的意义，没有公主命，有一颗女王心，用积极乐观的态度去过那并不完美的一生。

因为精神独立，饿了自然不会撒娇，而是自己买东西回家煮。她注重一日三餐，也习惯早睡早起，迷路了不会卖萌问朋友圈，而是掏出手机查看地图。喜欢一个人不会十分主动，而是安静地等着爱人的发现。难过了不会装柔弱，而是偷偷转过身去哭泣。懂你的自然懂，不懂也不必解释。缘分就是找一个旗鼓相当又不麻烦的人过一生。很多独立的女孩不是没人爱，而是习惯了独立，早已学会了去爱人。

记得 2014 年上映的一部电影《撒娇女人最好命》，周迅饰演的大龄女性独立自主，不屑撒娇去博取男人的欢心，最终赢得男主的爱。一些男人开始会觉得女人撒娇很新鲜，久而久之就会感到厌烦，他十分明白自己要娶的是一个不给他添麻烦，独立有主见，并且可以共度余生的女子。

一个 1985 年生的中年女子给我发了几张她在埃及的照片，并告诉我，男朋友不喜埃及，但她可以跟志同道合的朋友一起去，很开心，十分满足。

该女子有一次吃饭的时候连开两瓶上千的红酒，说："我除了固定工资，每个月外快就有一万多，一个月挣三万左右，可是仍然买不起房，但我活得开心啊！"

很多人觉得不可思议，月薪三万的人可以环游世界，每年买几个包，买香水口红化妆品，还开一辆四五十万的宝马，肯定有男朋友资助，或者父母在背后支持。

言外之意，不外乎说她是个寄生虫。据我所知，她男友并没有这个能力供她随意玩乐，而她父母早已退休，哪来闲钱供她挥霍？但这些不必公布天下，她凭自己赚来的钱吃喝玩乐，没存款，没房子，有什么不对？她刺激市场消费，成了不可多得的奢侈品消费群体，如果没有她这类的消费群体，可想而知市场会疲软到什么程度。

跟寄生虫般的女子不一样的是，她们过得自由潇洒。经常有独立的单身女子跟我说："我平时也没花多少钱，最喜欢的不过是去挪威吃刺身，去法国买几个包包。我之所以能出去玩儿，是因为身上没有供房这一压力。我爸妈是比我赚得多，可他们并不是提款机，不用我去孝敬他们，我就省了一大笔！"

她们喜欢旅行，去遍发生爱情概率高的城市。她们的恋爱总是那么独特而让人向往，如果没有对激情的向往，又怎么甘心走进平凡的婚姻生活？

年纪越大的女子越知道自己想要的是什么，她们精神独立，经济独立，经常挂在嘴边的话是："我不会跟普通男人结婚。”

是的，生活中经常出现独立的单身女子与条件还算可以的男人结婚后的狗血剧情，其貌不扬的丈夫始终没有带老婆过上奢侈、光芒夺目的生活，他能给的只是十分平凡，看似幸福，实际只是复制的生活。那种随便都可以吃到的晚餐并不是她想要的，她想要那种令人羡慕的婚姻生活，他始终没法给她。

另一个做公司高层的女子因为婚后不育，遭受丈夫与婆婆的白眼，像是她阻碍了他们母子的幸福。有一天，她忽然想明白了，与其苟且，不如一个人退出，至少换来两个人的快乐。

只有精神独立的女子才会在烂泥中看到繁花，那种处变不惊、做事有条不紊的态度可以提高一个人的生活质量，毕竟结婚是两个家庭的事，而单身却是一个人的事。

无论你选择婚姻还是独身，精神独立的女子都会做出平衡，她们不会婆婆妈妈，不会买黄金钻石只为传给下一代，因为她本身就是最时髦、最独特的。相比于钻石黄金，她宁愿买一个包，因为一个包代表了一个女人的现状，她可以在伤心失意的时候，冲进雨里还想着保护好这个一万多元的限量包。

学不会娇嗲软弱倒在男人怀里，却可以在万家灯火亮起时独自站在大厦顶层的落地玻璃窗前，把手中的红酒一饮而尽。

做一个独立自主的女子，谈一场没有结果的恋爱，要的不是将来，只要现在每一分每一秒，让每一个细胞快乐起来。不得不说，她们越独立，越知道自己想要的是什么。她们闪耀如钻石，对梦想一如既往地执着，并不会因为爱一个人而停止自己的脚步，这一点已足够让所有男人沦陷。

女人与女人之间的区别是心态

小琳结婚后变得啰嗦起来，甚至开始抱怨家务太多，真应了那句：逛不完的菜市场，买不完的地摊货。这也不难想象，她结婚后便怀孕，因为身体原因没法再上班，于是在家里安心养胎，照顾公婆。人啊，一旦闲下来事情便多了，总觉得有做不完的家务事。眼看肚子一天天地鼓起来，担心孩子生下来没人带，老公的工资又不多，以后多了一张嘴，这家里的开销就更大了，总之，她忧心忡忡的同时又有心无力。

她挂在嘴边的不外乎两件事，“我老公那点儿工资，除了供房仅够我们生活，如果有个什么病都不够。生个孩子吧，又要住院，我看还是顺产吧，生完后尽量喂母乳。”

“可是这生孩子啊，哪能说顺产就顺产呢？我隔壁那大姐前阵子去生了，产检的时候一切正常，结果生的时候羊水都流干了孩子还没出来，孩子在里面憋得不行了才开刀，这一刀可花了她家一个月的生活费。唉，真是人算不如天算。”

本来我是约她下午好好聊聊天的，没想到她一个劲儿地在那倒苦水。未来的事谁会知道，想再多又有什么用呢？有句话叫船到桥头自然直，但我又不能强迫她接受现实。她家的情况我是知道的，两个老人跟他们一起住，有的时候会给他们点儿生活费，有时干脆出去游山玩水，压根不了解年轻人的压力。本来尊老爱幼是应该的，老人家的钱他们爱怎么花就怎么花，可是小琳不这么想，她认为老人的钱早晚是给他们的孙子，晚给不如早给。

小琳从坐下来就说了一大堆，无非是生活中的一些小事。看着小琳苍白又疲惫的脸，我想起了另一个朋友，她的状况跟小琳几乎一模一样，但她活得精致而美好，让人忍不住想靠近，在她身上看不见负能量，也没有唠叨，是不折不扣的鲜活而美好。

她叫小白，结婚的时候跟老公在深圳租房子。虽然房子是租的，但她依然把房子收拾得井井有条，一到周末她会买一束鲜花回来插上，满室芬芳让家里更干净得体。她的经济条件也不好，但她不会强迫老公一定要买房才结婚，她说：“当一个人手里有钱的时候比每天一睁眼就想着要还房贷安心多了，我也许不适合冒险的生活，但住在租来的房子，我也可以把日子过成诗。”

有句话说房子是租来的，可是生活不是租来的。

一个女人想要发挥美和温暖，就看有没有人给予她足够的尊重、关照与爱护。

是啊，生活只不过是一道选择题，既然选择了这样的生活，还有什么可抱怨的？不如笑着走下去，反正你笑与不笑，日子都是一样要过的，时间不会因为你皱了一下眉头而停下。

其实心态不一样，看事物的眼光也就不一样。能影响你心情的未必是你最亲的人，恰恰是你自己。男人们希望太太把家打理得井井有条，不希望回到家听家长里短和唠叨，但他们没有想过一个女人需要足够的尊重和爱护。

几乎所有的关系都是相互影响的，大部分女人的唠叨与焦虑都是男人造成的，他们没有给予女人足够多的关怀与体谅，对太太漠视比不给她好的物质生活更残酷。女人最终不是为了某个男人而活的，无论你有没有添一束花的爱好，你都要确保自己的生活安稳而美好，因为找到可以相互尊重的伴侣真的很难，那个男人必须谦让大度，又能照顾你的感受，与其这样，不如转换角色，让自己有力量去温暖别人，反其道而行之，激活旁人的能力，增加他的乐趣，让他被你带着往前跑，这样生活才不会太枯燥。

男人是太阳，但他也会有阴天的时候，女人啊，与其等待雨过天晴，不如做自己的小太阳，只有这样才能发挥温柔、美丽和爱。

第二章

爱情不过是锦上添花

爱情不过是锦上添花

出色的女子总会吸引众多追求者，亦舒书里不乏这样的女子，电话一个接一个打来，没人接听便留言："今天有空吗？一起吃晚饭？"

亦舒说饭谁没吃过，关键是跟谁吃，要不然还不如一个人在家青菜煮面。

安宁下班后与出版方林娜在咖啡厅谈约稿的事，电话放在桌子上，不时有电话打来，安宁一般都是看一眼然后调成静音。

紧接着又一个号码打进来，这次是个陌生号，安宁看了林娜一眼，低声说："不好意思，我接个电话。"

林娜摆出一个随便的手势，安宁接听，对方问有没有空吃饭，安宁简单地说了一下这边的事，然后挂了电话。

她知道晚饭时间到了，但她有更重要的事，如果跟出版方谈好合作的事，那么回去吃方便面也是人间美食，因此她只能放弃这个与男神共进晚餐的机会。

林娜也听见她的谈话，表示如果她忙的话，明天再约也可以。

安宁说：“没事的，这个男孩追我已经有一段时间了，我刚好可以考验一下他的耐心，男人嘛，不能让他觉得势在必得。”

事实上她每天上班，写稿，与出版社谈合作，出席各种活动，哪有时间谈恋爱？这边谈好了约稿的事，回去就要准备稿子，然后交接，定稿，忙到没时间约会也是真的。

其实每个女子都不是天生的工作狂，大多都是吃过爱情的苦才醉心于工作，安宁也一样。以前她有过一个男朋友，因为迁就男友的关系，她居然逃了最喜欢上的课；明明约了跟出版社编辑见面，男友一个电话打来，她便忘了与编辑见面这事，弄到最后编辑认为她人品不靠谱放弃跟她合作。男友劈腿，她才发现自己花了太多时间在男友身上，换来一无所有的结局。后来她做事开始分轻重，工作永远排在第一位，因为没有了男人她还有工作支撑着她活下去。于是，她又总结出一个经验，男人有则很好，没有也没什么。

吃一堑，长一智。爱情只不过是锦上添花，是在大家闲下来的时候牵着手压马路，但绝对不是生活的重心，一旦把爱情看得重了，便会迷失自己。爱情在的时候甜如蜜糖，失去的时候自然便会生不如死。

生活中很多事值得我们摆正，越优秀的人越懂得孰重孰轻。

我有一个作家朋友，曾经视爱情如生命，书里写的一切都有男友的影子。最后她与男友吵架的时候，男人说：“你不就是出了一本书吗？”

后来他们分手了，她过得很忙碌，她努力忘记他，但最终忘不了那句话：“你不就是出了一本书！”

她说自己也知道爱一个人没错，但活成了他的样子就错了。她花了很长一段时间找回失去的自己，不再奢求爱情，一切随缘。这些年，她出书，讲课，参加新书发布会，出席各种签售活动，在她那个城市活得璀璨夺目。而男人，对她来说可有可无。

朋友说这世界很公平，你得到一些也会失去一些。有些人出现在你生活里，是为了阻挠你前进的脚步。花前月下卿卿我我，一旦男伴离去便痛不欲生，大多不是哀叹男人的离去，而是可惜这些日子都用来谈恋爱。所以说，不要用太多的精力去谈恋爱，如果对方真的那么优秀，你们又是彼此相爱，那么怎么走都不会走散。

在民国众多才女中，我最欣赏的是林徽因。她十六岁遇到徐志摩，徐也表达了对她的爱慕之情，可是她并不为之所动。多年后，林徽因曾对儿女说：“徐志摩当初爱的并不是真正的我，而是他用诗人的浪漫情绪想象出来的林徽因，事实上我并不是那样的人。”

这句话对众多迷失在爱情中的姑娘来说，可谓是醍醐灌顶。能在深情的爱意里保持冷静的思考与选择，多么难能可贵。

至于好友金岳霖，林徽因坦诚确实动过心，她对梁思成说：“我苦恼极了，因为我同时爱上了两个人，不知道怎么办才好。”梁思成一夜未眠，第二天告诉林徽因：“你是自由的，如果你选择了老金，我祝愿你们永远幸福。”金岳霖得知后，主动退出，“思成是真正爱你的，我不能伤害一个真正爱你的人，我应该退出。”

此后三人再不提这件事，依然互相探讨学问，甚至在梁思成与林徽因吵架时，也是由金岳霖来做仲裁。金岳霖为了林徽因，终生未娶。

这位民国才女完美地诠释了爱情到底是怎么一回事，因为只有她做到不忘初心，在爱情与事业上做了最好的决定。她十六岁受邻居女建筑师的影响，立下投身建筑事业的志愿后，一生都在为这个梦想不懈耕耘，哪怕在病榻上，她依然运筹帷幄，组建清华大学建筑系，为保护北京城古建筑而奔走呼吁，直至最后与世长辞，仍心心念念着建筑。

人的一生最宝贵的是时间，我的语文老师曾说过：“时间如生命，失去了就没有了，时间如是，生命也是。”用宝贵的时间谈情说爱真是太浪费了，落叶当前，月弯在月圆之后，要懂得巧妙地利用时间，把时间用在重要的人和事上才是好的。

过分地怀念过去，最终丢失了未来

不要再想从前了，毕竟过去的事情早已变成故事。

有一段时间我特别喜欢追以前的电视剧，什么《金婚》《激情燃烧的岁月》，近点的有《时尚女编辑》《甄嬛传》等，沉浸在电视剧的美好中不能自拔。想起小时候，家里的电视是黑白的，看见屏幕上的人兴奋得不得了。只可惜，这种心情再也回不来了，偶尔上网重看这些电视剧，剧情与人物都没变，变的只是那份心情。

那时让我心动的男孩，远远地看着他就很满足，如今却再也不敢轻易相见，怕见到的是秃顶啤酒肚的中年男人，破坏了心中的所有美好。

我们总是错误地以为怀念过去是对过去的一种不舍、向往，甚至是追求，但其实这种怀念一点儿意义都没有，时间不停地往前走，你的思想却退后，不合时宜地做一些事，偶尔与朋友相聚，一开口总是说，那时候怎么怎么好，电器坏了都会拿去修，哪像现在坏了就换。

时代不同，人的做事风格也不一样，很多时候人们也想修一下电视或电风扇，但发现不是找不到人修，就是修下来的费用可以换一台新的，干吗还要去修？

有这时间喝茶聊天，无休止地谈古论今，不如好好更新一下自己的知识，看看新闻，了解时事，毕竟时间从指缝中流逝，慨叹古人如何聪明又有什么用？你错失的现在就是消失的未来。

看《欢乐颂》时，每个人都能从角色中看到自已：高冷孤独的安迪，独立纠结的樊胜美，乐观自强的邱莹莹，文静内敛的关雎尔，古怪精灵的曲筱绡。她们都有一个共同点，就是过好现在，为未来蓄粮存弹，以防万一。她们是幸运的代表，也是懂得为自己着想的一群人。

虽然安迪已是公司的CFO，但她依然保持学习的习惯，这样无论遇到什么事，她都能做出最准确的判断；樊胜美虽然虚荣自私，但她努力做一个好HR，换了新工作后也是拼命争取业绩；小蚯蚓虽没有高学历，却为了多卖几包咖啡绞尽脑汁；关雎尔每次出镜几乎都是在房间里戴着耳机听课，处理文件；就连那个不正经的曲筱绡，也会在新年之际为了一单生意飞到境外……

是的，喝茶聊天，缅怀过去，是老了之后坐在院子里对着夕阳做的事，现在我们都还年轻，哪有时间干这种无聊的事啊。

经常有人陷进回忆的旋涡，幻想可以回到过去，认为过去美好，但往往忽略了时代不同，早已容不得自己过分沉迷过去。

前几天我联系了一位同样写书的朋友，问她最近怎样，她说忙成狗。我说："你已经很厉害了，为什么还要这么拼？"

她说："人生大部分是跟时间赛跑，我们都不知道生命的长短，活一天赚一天，但至少得干点儿什么吧？我每天除了正常上班，必须抽三个小时写书。最近一连签了两本，都在赶稿状态中。我常常在想，我活着的时候可能很平凡，但我死了之后至少有几部作品遗留人世，那我也不枉活一场。"

是的，谁都可以找借口偷懒。有些人家里有点儿钱便开始放纵自己，漫无目的地过日子，一日又一日地重复着，从来不去想以后的事，总觉得以后太遥远。

其实所有的过去堆积成一个现在，而现在才堆积出一个未来。我们存在的价值大概就是必须拿出点儿什么成绩，告诉后人，我没有白活。

成绩单可能不太漂亮，但至少证明每一天都没有浪费。在这个快速变化的社会，适者生存，把自己活成过去那个样子，估计早已经被社会狠狠地抛弃了，而未来才是希望。

把日子过成诗的女人从不怕麻烦

对生活怀着热情的人不能容忍遗憾，却从来不怕麻烦。

大概你身边也有这样的女子，她们有精致的容颜，做事仔细有耐心，既可人间烟火，也可不染一尘，她们对生活充满激情，眼神淡然而嘴角微翘，全身散发着一种美好的光芒，总能在不知不觉中吸引一些人的目光。

我身边也有这样的女子，她家里永远摆着一盘水养鲜花，大概三五天就要换一次，窗明几净，仿佛让人置身于书中的插画一样美好。

其实她上有小，下有老，难免会有杂物随便乱放的习惯，但她总会耐心地收拾这一切，把孩子的玩具收好，把老人忘了放回去的书摆回原位。她喜欢花花草草，阳台便放着一个花架，花架上摆着各式各样的花盆，花盆里的花总是争奇斗艳般开放。这跟她悉心照料这些花花草草有关，她可以十年如一日地给它们浇水、施肥、松土，休息日在阳台一蹲就是半天，从修剪枯枝开始，到收拾垃圾，擦干净地板，每一个步骤都做得一丝不苟。她家的阳台也成了风景阳台，摆了一个桌子与几张椅子，放上田园风的桌布，赫然比咖啡厅的布置还有感觉，所以我们都喜欢到她家里做客，去她家的阳台坐一坐，喝一杯她亲手泡的茶或咖啡，就这样享受一整个下午的美好时光。

我们都喜欢跟这种热爱生活的人相处，她们必定有一些生活经验是我们没有的。她的家是心灵的港湾，也是艺术的殿堂，一花一木皆灵性，令人瞬间觉得万物都可爱而美好。

另一个朋友遭遇男友劈腿，已经付了定金的房子眼看就保不住了，她只有两个选择，一是不计前嫌跟男友和好如初，既然付了定金，那就结婚交首付，两人再一起供房；二是分手，几万块钱定金泡汤。

身边的朋友都劝她，是个人都会有错，再给他一次机会吧，以大局为重。可是她考虑了三天之后，毅然选择放弃定金，同时也等于放弃男友。我问："为什么？他的工作与家庭都是中上，难道真的不可以原谅他吗？"

她说："原谅很容易，但再次信任就很难了，我不想每天看着他出去提心吊胆，晚上十点不回来就以为他去鬼混了。这种日子可想而知，他会烦，我会累。我们都知道破镜不能重圆，与其各怀心事过日子，为什么不放自己一条生路，也好让自己重新考虑这段感情到底是哪里出错了。"

是的，房子的定金泡汤了，可是用几万块钱看清一个人的真面目，她觉得值了。

后来男友算是有点儿良心，说定金就不要退了，算是补偿给她，但首付得她自己出，名字写她的。

当时我朋友没那么多钱交首付，因为之前就说好首付一人一半，然后开个联名账户一起供房的，如今这个问题摆在面前，可把她难住了，她只好跟亲戚朋友借，凑够了房子首付之后便开始供房。在最艰难的日子里，她一日三餐都啃白馒头，喝白开水。为了赚更多的钱供房与还债，她除了上班，还接稿子，一般写到深夜一两点才睡，六点半起来赶地铁。有时候连续几天加班加点赶稿，她几乎一碰枕头就能睡着，第二天因为起得太早，工作的时候得靠咖啡提神，黑眼圈越来越重。因为喝太多咖啡又熬夜的原因，她的皮肤也越来越差。

我们这些知情人偶尔会不露痕迹地叫她来家里吃饭，每次她来，我都会煲一锅滋补养颜的汤给她喝，再配上她喜欢吃的虾与清蒸鱼，还有土豆焖排骨。看她吃得津津有味的样子，我也挺满足的。

她吃完总会满足地靠在沙发上，然后又猛地跳起来，因为她要赶最后一班地铁回去，如果晚了就赶不上了。

没有吃过苦的人是无法体会人生真正的艰辛的。一个人很容易找各种理由放弃，却不容易为了想要的生活而好好坚持。她其实大可以把房子卖了，然后拿着一大笔钱还那些债，剩下的存起来，不至于过得如此艰辛。但她有自己的想法，她清楚知道自己想要一个家，也清楚知道按目前这个速度三五年后便可以把债还清，既然选择了这条路，便不能退缩与怕麻烦。之前她还担心首付都不够，如今不也凑够了吗？只有经历过，才知道迎难而上的痛苦与快乐。

太多人的梦想还没绽放便已枯萎，太多人的生活还没达到理想就已草草收场。环境可以扼杀一个人的天赋，但无法熄灭她的执着与希望。

这个世界到底是宽容的，它反馈勤者所得，也给予有梦想的人一个完美的结果，所以敢与生活抗争的人才配得上拥有更美好的生活。

她有信心还清所有的债，到那一天，她会真正放松下来，好好享受生活。想要拥有美好的生活，必须得有足够的耐心与毅力，那些无法面对恶劣的生活的人必定选择放弃。

生活处处充满希望，也时常会有麻烦，只要眼里有远方，心中有诗，眼前的麻烦又算得了什么！

长得好看，不如活得漂亮

很多人遇到不顺心的事都怪命不好，要不然怎么会出门打不到车，走个楼梯都摔跤。

闺密晴晴长得很漂亮，坐下来的时候我发现她居然有点儿灰头灰脸，凌乱的长发随意披在肩后，大大的黑眼圈告诉我她昨晚没睡好。

她以前可是最注重形象的，不化妆不出门，哪像现在这样蓬头垢面。我问："怎么了？像从难民营回来一样，发生什么事吗？"

她无奈地耸耸肩，"老公出轨，这算狗血吗？"

接下来她抱怨，怎么选了这么一个不安分的老公，想当年那么多人追她，有富二代，有老板，有上进好青年，却偏偏被她老公的甜言蜜语骗了，现在回头一想，所有以前说给她的甜言蜜语也是说给另一个人听的，真让人失望。

我打断她的抱怨，说：“接下来有什么打算？”

她十分冷静地说：“男人出轨只有零次与无数次，我会原谅他，但再次相信他就很难了。为了下半生不苟且，我决定离婚。从明天开始我搬出来住，然后找一份工作，我要为自己的后半生负责。”

我点头，“搬出来住也是一个不错的选择，分居满几年就可以离婚了。当然，如果他能果断一点儿，知道挽留也没用，最好快点儿办离婚手续，毕竟离婚对你们来说是宜早不宜晚。至于工作，你想做什么工作？”

“以前在写字楼上班，结婚后生了娃便在家做全职主妇，一晃快十年没工作了，估计外面的世界已经变了样。你看我可以做什么？”

我沉吟：“现在前台要学历，要身高，要外语，才能把工资提上去，坐办公室又十分枯燥，拿死工资没意思。你自己有没有特别想做的工作？比如销售、手艺什么的。”

她咬了咬牙，“我想先找份轻松的工作稳定下来，毕竟以后就得靠自己了，然后再抽空学一下手艺。我想过了，我的学历不够高，想一下拿高薪是不可能的，不如先保障自己的生活，然后沉下来学点儿手艺，以后也可以增加点儿收入。”

我对她如此清晰而冷静的分析表示赞赏，一个人不可能什么都没有，至少还有一双手，最不济就是离婚后把房子一卖，拿着现金离开这个高消费的城市，再到一个三线城市落脚。人啊，最怕的就是抱怨与自暴自弃。

她本来就是一个美人，可是随着年月逝去，美人迟暮。唯一值得庆幸的是她并没有过分怀念过去，如果她一味自怨自艾，上帝也救不了她。

有人问我为什么跟她这样的美女做朋友，其实，当一个美女甩掉这个标签后，你会发现她也不过是一个普通人，她可能会让卖包子的大爷多送一个馒头，也可能坐地铁有人给她让座，也许会有人送她包包，但她不可能吃完东西不买单。

我跟她做朋友，是因为她一直以来不赊不借，言出必行。就像她说的那样，第二天找好房子便搬家，然后认真去面试。稳定下来后，她便报了一个美容班，下了班便去学手法，渐渐地，她可以抽空接待客人，并且掌握得很好，做一些简单的微整形，比如半永久文眉与眼线等。她渐渐上手了，最后两份工都做，一边是正职，另一边是兼职。孩子让爷爷奶奶带，她很放心。

闲的时候带孩子出去玩儿，遇到孩子问她为什么不回家住，为什么不跟爸爸一起出来玩儿的问题，她会说："妈妈现在上班了，住得离公司近一点儿方便上班，周末会带小宝出来玩儿。不跟爸爸出来一起玩儿，是因为爸爸太忙，抽不出时间跟我们一起玩儿，但记住，妈妈是最爱你的。"

只要给孩子足够多的关爱，他便不会觉得有缺失。如今大多数的家庭，很多孩子很小就被父母放在托儿所。早早融入这个社会并没有什么不好，大人总有一天是不能陪他的，他得早点儿学会独立与成长。

我十分佩服她的另一点就是，她从不用自己的姿色讨便宜。前几天，有一个男人准备送她一辆车，她婉拒了，她对我说："我不喜欢他，但很明显他是喜欢我的。我接受他的礼物是要还的，我拿什么还？只能拿我自己还了，可是这不符合我的逻辑，我并没有打算跟他在一起，所以不能接受他的礼物。"

在物质面前能保持清醒，在不爱的人面前保持距离，不让对方抱有幻想，这很好。

如今她已挂名在各大美容院，兼职美容顾问，只要有需要，她在半个小时内就可以到场为顾客服务，虽然很累，但拿到手的提成远比她正职的工资要高。

她是有理想的，知道自己需要什么，所以努力去争取。她给自己定了一个目标，三年后必须有自己的美容院，到时候就可以做主，也不用跑场子那么辛苦。

我小时候总会听到老人家说："这姑娘长得好看，以后嫁个有钱人，穿金戴银过一辈子。"

其实啊，长得好看的人太多了，能在这么多人当中鹤立鸡群还真不容易，要么有才，要么有财，如果两样都没有，那么只有一头埋进去，不问收获，只问耕耘，还有些许胜算。关键还得不满足于鹤立鸡群，而是离开那群鸡。

像晴晴一样，从一无所长到身怀绝技，这些都不是一朝一夕可以拥有的。她在学习手艺的时候也觉得痛苦与难受，想过放弃，但一想到今后再也不能依靠别人，凡事得靠自己的时候，又咬咬牙坚持了下来。谁也不知道她这一坚持，成全了她的后半生。她的前半生已经无法重过，那么她只有在后半生不苟且地活着才对得起自己，不辜负自己来这世上一趟。

离婚的时候，她以为自己死了也没人管，可是她为什么要别人管呢？人生总有落幕的那一刻，现在的败退不算什么，最重要的是知道什么时候该放弃或坚持，有些坚持如果没有意义，那么早点儿放弃也算是成全自己，成全别人。过程也许会很痛，但无论是怎样的痛，都是可以承受的。

她说服了自己，也说服了父母。她不再纠结，因为再怎么挽回都只是挽回一颗奔向小三的心，那么，再见，我的最爱。

长得漂亮讨到的都是小便宜，只有活得漂亮，才能得到别人的尊重与景仰。前者是天生的，后者是努力的。

我一直觉得只要天没有塌下来，只要你还爱自己，就有理由活下去，并且活得让人刮目相看，活得漂漂亮亮。

听说你不想上班，又想买包

很多人从名校毕业，工作很好，本地户口，然后干不了多久辞职，理由很多，“人事复杂，这社会不适合宝宝”“我就不应该下凡的，当初下凡就是个错”，等等。

不想上班，又成不了作家，只能在家做做淘宝，每天跟快递员接触，隔着一个屏幕跟顾客沟通，最后觉得刚开始做赚的钱不多，没资源，产品不好，做不起来，心理压力太大，干脆去看心理医生，结果发现看完心理医生更睡不着，因为心理医生是按小时收费的，每小时三百至一千元不等。看完心理医生之后，你会发现自己根本就是浪费金钱与时间，很多心理医生还不如你自己，随便找个朋友聊聊都有这种效果，还不花钱。

于是你又发现，既然做心理医生那么赚钱，不如自己也去学个心理学……

婷就是这样，她出去吃个饭三百以上，买个包上千，这样的生活根本撑不起她的欲望，她只好要求男朋友生日的时候送她个包。

男朋友爱她，她又爱正品，于是男友吃了几个月泡面给她买了一个包。收到包的她很开心，然而男朋友却提出分手，理由是再也不想吃泡面了，现在一想到泡面都想吐。

一个人有欲望自然是好的，但自己没能力又把欲望嫁接在别人身上，那么这就很可耻。谁都想过好日子，你吃不了那份苦，凭什么穿金戴银？

有多大的本事穿多华丽的衣服，没那么大的头就不要戴那么大的帽子。当一切重新开始的时候，婷总有那么几天是兴奋得睡不着觉的，结果呢？兴奋过后发现越来越吃力，因为她什么都懂，但仅限一点儿皮毛，结果就是没有傲人的成绩。

低不成高不就，眼看着年纪一天天上去。最怕过生日、过年，因为这些都会提醒你又长大一岁。你对未来充满迷茫，不知道自己会变成什么样。你害怕日落，因为日落告诉你一天又过去了，而你什么都没干。

最近，婷常说："我前男友送我一个包一万以上，镯子都是卡地亚的正品。我年轻的时候多少人捧着礼物在我面前求我收下，现在的男人都怎么了？吃个饭都不埋单，还让女孩子付账。我找男朋友没什么要求，年纪可以比我大五岁以上，但要长得好看，要有感觉，还得有车有房，不是供的那种，而且月薪得两万以上，能拿出一点儿钱给我买包，我就这样的要求，不算高吧？”

我听得一愣一愣的，这要求还不算高吗？对别人有要求是应该的，但前提是你自己配得上，先不说他月薪两万以上，你自己有这么高的工资吗？如果你没有，那你凭什么要求别人？如果你有，那你干吗要求别人跟你一样？

爱情归根到底是你情我愿的一场游戏，说钱就俗了，可是不说钱又撑不起人间烟火，要面包，自然也要白开水，可是不能把自己的欲望寄托在男友身上，这是第一。

很多时候，我们以为年轻就拥有一切。因为年轻，我们以为还有飞起来的可能，却不知道最后用大部分时间去重复犯错。看过很多成功的例子，一直安慰自己，谁谁谁也是从错误中走到今天，失败乃是成功之母，却不知道人家的错只不过是成功路上的一颗小石子，而你却用生命在迷茫，不知道自己到底想要干什么，该干什么。

不想工作又想买包本身就有问题，你不工作，拿什么去买包？真以为爱你，所以你要天上的星星他都给你摘下来吗？醒醒吧，一个人过了二十岁还做这种不切实际的梦，那不是少女心，那是公主病，要治。

你的素质与教养才能让你自带光环

翻开朋友圈不难看见那些年芳二八的姑娘一副“我这么好，为什么就没有男朋友”的哀怨脸。

这类姑娘大概可以分成以下几种：

一种是单手开车，拍方向盘，拍视频，配图与文字：“这个点儿开车真舒服，路上没车没人。”潜台词：“我寂寞，有人陪我吗？”

我想说，姑娘，稍微有觉悟的男人都会觉得你开车不专业，不是你有车了不起，而是这样开车真的好不安全，你这是在拿生命开玩笑，懂吗？别人自然知道你有车，更知道你在拿自己的生命开玩笑。难道你不知道开车看手机很危险吗？一低头五十米，你不知道吗？连这种基本的安全意识都没有，叫别人怎么爱你？

一种是自拍、自拍、自拍，化了妆自拍，露个胸自拍，在飞机上开着手机自拍，配图与文字："蓝天白云，窗外的棉花糖好漂亮啊！"潜台词："我漂亮吗？ 今天我坐飞机了。"

对不起，姑娘，真没看出你哪里漂亮了，同样的妆容，换了件衣服与背景，千篇一律的表情，你能告诉我你哪儿漂亮？关键是飞机上规定要关手机，你这样开着手机玩自拍是什么意思呢？拿全机人的生命开玩笑吗？所以，哪怕你再怎么漂亮，也不会在高素质的男生的考虑范围内。

一种是转发几条正能量鸡汤文，实际行动却与鸡汤文背道而驰。《从平民到王妃》，内容大概是讲二十七岁的女人甩了前夫，三十二岁再嫁王子，从平民逆袭成王妃的励志故事。现实中当然发生过这种故事，因为少所以被广为传播，然而她没有想到的是那女人之所以能成为王妃，有很多原因。这个例子根本没法复制，身为平民的你哪怕全身都打满鸡血也没用，因为你遇到王子的概率几乎为零，又或者王子身边已有人，你再怎么努力也不会嫁给他。

现实总是残酷而又血肉模糊，嘴上说得再好，朋友圈里正能量满溢也没用，人家看的是你本人怎样，而不是你转发的东西怎样。

理想很丰满，现实很骨感。如果做所有事情都是为了寻找一个理想的白马王子，其实是找不到的，因为目的性太强，别人一眼就能看穿你到底想干什么。

爱情之所以美好，不是尘埃落定的安稳吸引着你，而是刚开始的暧昧让你欲罢不能。如果你努力是为了自己，为了家人，那么你反而自带光环，吸引王子也就不是什么问题。

我也访问过一些素质高、教养好、学历高、收入高的男生，问他们为什么不选择以上那些女生，他们回答："开个车也拍照、拍视频，太俗，太肤浅，这年代谁还没个车！也没见那些素质高的女生单手开车拍视频啊，因为人家有安全意识，而且飞机飞行期间关机是常识。我哪怕是没老婆，也不会选这类女子做妻子。你跟她说安全，她跟你说漂亮，可想而知往后的生活根本无法沟通，不如干脆不要开始好了。"

是这样的，很多姑娘错误地以为在车里拍个自拍是告诉别人："嗯，我有车有房有颜，你选择我吧！"却不知道自己根本不在那些优质的单身男子考虑范围之内。谁没有车呢？但低调的人从不拿自己的车显摆，只有那些肤浅又俗气的女人才如此担心自己的嫁妆不丰厚。其实这种担心是多余的，因为有内涵的女人从不说自己去过哪些地方，吃过什么东西，拥有多少珠宝。这些全都是女人的底牌，一旦把这些底牌都亮出来，那么就没意思了。

情场如战场，男女之间讲究的是那种朦胧又美好的感觉，你把底牌亮出来，只会吸引那些别有用心的男人。曾经有一个女孩无意中泄露了自己的隐私，吸引了一个为得到她房产的男人。那男人一开始各种引诱，表现出唯命是从的样子，并且说为了她可以入赘到她家。女孩问他家会不会同意，他便以家里兄弟多没关系为借口，实际是想谋夺女孩的家产。女孩家里只有她一个女儿，一直以来她都被捧在手心。男孩与她结婚后便暴露了真面目，出去拈花惹草不说，还欠了一身赌债。女孩父亲替他还清了所有赌债，但有一个条件，就是要他跟女儿离婚。那男孩自然不肯就此罢休，提出了他的条件，就是要一套房与一辆车才肯离婚。女孩这时才看清男孩的真面目，但为时已晚，只好拿一套房与一辆车重新换回自由。

所以啊，姑娘们，不要把所有东西都拿给别人看，这不叫诚意，这叫傻。

另一个姑娘从不在朋友圈晒车、晒房、晒飞机、晒自己，她喜欢写一些原创的短句，配一些新拍的照片，这些照片是蓝天白云、花花草草、动物等。她从不刷屏，也没有固定时间发，但能看到的人总会看到，想看她的也会私底下翻阅她的朋友圈。她从不屏蔽任何人，也不分组可见，一切随缘，赏心悦目，懂她的自然懂她，不懂的说再多也没用。

你可以在她身上看见另一种悠然自得的生活方式，不慌不忙，真实，像邻居女孩一样，隔着屏幕似乎都能看见她淡然的微笑与对生活美好的向往。这种女孩反而自带一种神圣的光环，不知不觉吸引一些人的目光，让人感觉美好而鲜活。她的生活没有抱怨，没有自卑，这种坦然从容的姿态正是所有人都想寻获的岁月静好，而这种温馨可爱的女孩从不缺知心人的宠爱。

愿你从容淡定，不慌不忙，活成一个不张扬、不带刺的人。

就算是咸鱼，也要做最咸的那条

星爷说："做人如果没有梦想，那么跟一条咸鱼有什么分别？"我却说："哪怕是做咸鱼，也要做最咸的一条，那才够味道。"

一不小心做了咸鱼，但没关系，我发誓做最咸的那一条。

前几年我没什么梦想，甚至觉得家人安康、世界和平已经是最大的愿望。我日复一日地上班，准时下班，周末休息到深圳东门老街逛逛，没入人群观察人生百态是我最大的乐趣，买几件打折的衣服回家，第二天接着上班，过得像条咸鱼一样。

但如今不一样，我结婚了，是的，一不小心还结婚两年。我看着每个月打到银行卡的数字只上涨了那么一点儿，忽然觉得日子过得太没意思，还不如辞职在家安心写稿，虽然没有固定收入，但专心做一件事，把这件事做好就成功了，不是吗？

一个晴朗的下午，我在写稿的时候跟胡先生商量："我辞职了在家专心写稿好吗？"

他没反对，也没支持，而是说："你决定就好。"

故事里的浪漫情节没有上演，我以为他至少会说："好，我养你。"

没有，什么都没有，不过我就算是拿稿费也可以撑个十年八载。如果在这段时间内写一部影视作品，那么提前退休都可以。

就这样我退了下来，把打好的辞职信直接发给直属上司，半个月后公司招到新人，我立马退了回家。

一辈子做一件事，把那件事做好，那么便成功了。

人还是得有梦想，万一成功了呢？

表哥半年前一次性付款买了一辆一百万的宝马，提车的时候一脸兴奋，这是十年前的他想都不敢想的事。

十年前，"北漂"一词离我们还很遥远，表哥在深圳一家港资公司上班，每个月拿到手的工资只有八百，加上一些加班费或夜班津贴什么的，最多拿一千多。住在宿舍里，有空就自己做饭，为的是省那几块钱的快餐费，又为吃得健康一点儿。如无意外，他应该会一直在公司做下去，但最多也只能升到主管的职位，工资也只能翻一倍左右。

结了婚的他干脆辞职，自己开了个港货店。刚开始资金不足，店里没怎么装修，摆了几个货架就上货，又因流动资金不够，只好问朋友借，就这样硬撑了半年，港货店慢慢步入正轨。之后，他的第二个孩子也出生了，压力随之而来。由于孩子没人带，他老婆干脆辞了职，在家带孩子的同时帮忙看店，店里的生意渐渐好起来。

开店的时间长，他们就两班倒，表哥喜欢晚睡，那就上晚班，表嫂带孩子需要早睡早起，就早点儿起来开门。夫妻同心，其利断金，慢慢地积累了一定的资金，也有了存款，于是决定先买一辆车，好开展别的业务。

一百万啊，十年前谁敢想自己会有一百万，去刷个卡买个车？不可能。那时拿着一千来块的工资，上班时间短，双休，比流水线上的工人已经好很多，回一趟老家花大半的工资，回来后几乎连一件新衣服都舍不得买，租不起房，只好住在公司安排的宿舍里，穷得就像一条流浪狗。

可是除了快乐可以选择，其实很多事情都是可以选择的，比如职业。选择做个体老板风险虽然大，但可以控制的风险也就不算什么风险了。表哥是我眼中的成功人士，他的每一分钱都是靠小小的港货店得来的。他付出的时间与收入对等，做到了收支平衡，最近又付了第一套房的首付，算是熬出头了。

回到开头，我问他："你的梦想是什么？"

他说："一家人衣食无忧，过上有存款、有车、有房的日子。"

这个梦想其实不容易实现，它需要大量时间的沉淀，在这段时间里不能浮躁，要有足够多的耐心去等待，并能沉得住气，更要有坚定的决心，相信自己一定会成功。

其实所有的梦想都不容易实现，很多时候理想很丰满，现实很残酷。有些人吃不了实现梦想的苦，在接近梦想的时候选择了放弃，最终成了输的那个人。

就像我一样，如果那年我没选择坚持写下去，那么别说作品会出版，也不会有第二本书、第三本书的面世。

首先你得有一个梦想，接着便是坚持走下去。实现梦想的过程很苦，但千万别放弃，万一实现了呢？

有人的地方就有江湖

以前跟马大叔讨论过“圈”这个问题，每个人都处在一个圈里，有些是文化圈，有些是怪圈，谁也不例外。

有人的地方就有江湖。在某微信群，我是群主，一天有个姑娘发了蒸包子的图，还说想吃的可以免费试吃。到了饭点，大家都饿了，所以她蒸的包子都被人预订了。第二天还想吃包子的，对不起，你付钱才能吃。

这很合理，总不能让人家天天请你吃吧！我也没觉得这是广告，毕竟人家会做，先送，再买，不强迫。

有个姑娘也想效仿，可惜她是看头不看尾，以为卖包子的姑娘可以在群里打广告，她也可以，一上来就甩了一张广告图，我看了忍不住说：“对不起，此群不能打广告，请撤回你的信息，如果不能撤回，那么得发个红包。”

她说：“为什么包子可以打广告？我以为这个群是广告群呢。”

我说：“包子姑娘是到了饭点，大家在讨论吃什么的时候放的图，而且她是先给别人试吃，喜欢吃的再找她买。这是营销的一种方式，你可以学她找一个话题，然后顺着这个话题说下去，那么就不算是广告了。”

她不愿意了，冷笑着说：“你算什么东西，要你告诉我怎么做！”

我也来火了，“我只是建议你，你爱听不听，你又算什么东西？”

嘴上不饶人谁不会，关键是你得看什么场合。在这种情况下，情商高的人一般都会谦虚地说：“谢谢提醒，下次会注意。”

可是她不是，她觉得我伤害了她，不给她面子，她没法下台，那就是她的自尊心作怪了。几个小时后，有一位老阿姨出来说：“作为群主要注意言辞，不要与人争辩，更不应该骂人。”

我忍不住说：“阿姨，首先不是我先骂的人，其次，我不当群主了，你来当群主好吗？”

阿姨自然不会理我，我又追问了一句：“阿姨？在吗？阿姨，你回答我好吗？”

其实我最后那句话纯属是说着玩儿的。后来又发生了一些事我就不详说了，主要是那个阿姨开始夸我，觉得我这样做对极了。我想说的是我不是活在你们的嘴皮子底下的，觉得对的我会认可，觉得不对的最多只会建议，听不听就看你了，毕竟对于没有血缘关系的人，不必肩负教育的责任。

人以类聚，物以群分。读书的时候，大致上学习好的一堆，学习不好的勉强凑成一堆，然后变成聊得来的是一堆，最后又会变成小气妒忌的一堆，他们羡慕成绩好的，却又不努力追赶别人。

好友木木说，最讨厌不学无术，却又十分喜欢背后嚼舌根的人，别人不吃不喝他的，却莫名其妙成了他的眼中钉。

出来工作后，大家表面上和和气气的，但实际上都恨不得对方消失，可是至于吗？大家都是出来工作，何必非得你死我活呢？因为你拿的薪水比他多，比他努力，比他更能得到上司器重，那么他就有理由恨你了。

木木的公司就是这样，大家都是得过且过上班下班，周末从不加班。木木不一样，她上班听从上司安排，认真完成工作，开会把会议重点抄录下来，回家后仍然思考工作上遇到的问题，有时会及时把问题的解决方案用邮件的方式发给同事，这样一来就显得她认真而与众不同了。

公司每年赢利都差不多，自从木木来了之后，完成手上的几个项目，公司的业绩居然上升了百分之二十，大家才发现木木不是来混日子的，她是真的来找存在感的。

十分不幸，她没有成为公司的榜样，反而成了公司里同事的公敌，“她那么努力，显得我们多么不努力似的，工作嘛，不出错就好，干吗要做领头羊呢？”

他们不是想着怎么超越木木，而是想着怎么把木木拉下来。他们说木木积极工作盼望成为总经理的情人，说她走后门不惜出卖自己的肉体。

就这样木木被孤立了，但反而激发了她的斗志，她对自己说：“有人的地方就有江湖，清者自清，我是来工作的，不是来交朋友的。”

她拼命工作，年终的时候业绩第一，成功取代了经理的职位。公司一向重视人才，能者居之，没什么不可能的。如今，在她的带领下，公司已经准备上市。老板要的不是嚼舌根不工作的人，而是能真正为公司着想的人，最后她成了公司合伙人，光是每年的分红就十分可观。

那些曾经酸过她的同事见她步步高升，有些受不了公司的新政策灰溜溜地走了，有些因为没有业绩而被公司炒掉。有一天，木木在上班途中遇到老同事，停下车载她一程，前同事上车后赞叹：“木木啊，你来公司第一天我就觉得你不一样，如今都买车了，是不是准备结婚啊？如果结婚，记得请我啊！对了，你认识的人多，我老公最近失业了，不知道你方不方便……”

都过了这么久，居然还有人认为顺路载你一程便是好友，她也太把自己当一回事，木木可没忘记当年的口水战中她也曾说过自己的不是。

时间或许会改变一切，但改变不了一个人的心，如果你积极向上，只会越爬越高；如果你拘于眼前，异想天开，那你永远在做白日梦。

我们要做的不是跟他们争辩对错，而是漠视他们的存在，一心一意做好自己的事，那样才能远离这种低级趣味的江湖。人生的意义大概就是超越自己，并决定与谁同行。

相信自己了不起，最后真的了不起

有些人梦想很多，却白天没事做，晚上想太多。上高中的时候，曾经跟同学玩过一个游戏，就是长大之后要做什么。我们兴奋地描述未来，有人说准备做人民教师，争取在有生之年桃李满天下；有人说要做人民公仆，为人民服务；还有人说做厨师，做好吃的东西给家人朋友吃；更有人说以后要做一名医生，因为家人生病去世，大家听完忍不住一片唏嘘。

轮到我的时候，我想了想，“我希望自己做个作家，把你们的故事用纸记录下来。”

大家都没把我说的话当一回事，因为我的梦想似乎遥不可及，但有梦想就了不起，不是吗？后来我虽然没有一下子成名，但我确实是按照最初定的目标走的。之前说要当教师或警察的同学都转了方向，有人读了金融，有人做了老板，更有人碌碌无为，过一日算一日。

有个作家朋友告诉我，相信自己很重要，别人都说你不行的时候，只有自己相信自己，给予自己力量与勇气，坚持下去，就会发现，唯有试过才知道行还是不行。

是的，试一试可能还有万分之一的可能，如果轻易听信别人，没有一颗强大的内心，在别人嘲讽自己的时候选择放弃，那么就什么都没有了。

有些梦想不能够支撑一个人的生存，比如咖啡厅、书店等，这些都属于不怎么赢利的行业，除非你的咖啡厅与书店不用支付昂贵的租金，那么还是可以做做的。现代人利字当头，压根儿不会从事不赚钱的行业，哪还记得当时的梦想！

但我想说的是，如果认定了，那就放手去做吧，梦想也许不能吃不能喝，但行行出状元，谁能保证你没有出人头地的一天呢？

有个女生告诉我，她喜欢摄影，可是学习摄影以及购买摄影器材几乎花光了她的积蓄，她只好再做一份兼职。家里人都不理解她，都说她去学什么摄影，正常上个班，有固定收入，略有积蓄，再找个人嫁了不挺好的吗？

然而当她学有所成可以接片的时候，却被自己感动哭了，是啊，可以快乐地去做自己的事情，并有意外收入的时候，那份快乐与成就感是无法形容的。她直言：“我几乎不再担心以后的生活了，因为我实现了梦想。哪怕我现在丢了工作也不彷徨，不再着急去找工作，因为我可以把副业当正业一样发展。”

是的，当所有人都觉得她在瞎折腾的时候，只有她心里明镜似的，她清楚地知道自己并不是瞎闹，而是抱着一种哪怕是闹，也要闹出个名堂来的心态。

面对质疑与规劝，需要多大的决心才能坚持走自己的路？我想，人最怕的不是没人理解，而是被人误解。

英雄都是孤独的。我一个创业的朋友在朋友圈里发了一段话："相信自己，唯有相信自己才能拥抱未来。前一秒觉得世界离我好遥远，后一秒却发现我正在走向世界。"

这就是面对未来的一种状态。他每天一睁眼就是一连串的数字：房租、油费、水电煤等各种费用，他说做什么都不能随便放弃，他身后还跟着一堆向他要工资的人呢。

本来他说没钱就不能谈梦想，但他又说，既然钱是个关键，那就想办法赚钱吧，只要有了钱，一切问题都会迎刃而解。

如果这个世界真有奇迹，那也是努力的代名词。他深夜回公司与合伙人开会，讨论方案，连水都没喝上一口就赶凌晨的飞机到另一个城市签合同。几乎一上飞机，他就睡着了，他没空失眠，没空纠结与难过，因为他有责任在身，他失败可以，但不能让跟着他的兄弟与员工失望，所以他拼尽全力去赚更多的钱。

世上无难事，只怕有心人。做与不做的结果绝对是不一样的，满脑子想法不如实际行动，只要觉得可以，那就应该放手全力一搏。

我在没做作家之前也被人笑话，他们说我的梦想多么遥不可及，还不如安稳地做一个普通人，到了年纪就找个人嫁了，在家相夫教子，安稳过一辈子多好。如今我选择了作家这条路，也并没有影响我嫁人以及在家相夫教子。

我不想说“相信自己，因为别人不能替你活下去”的话，但是连自己都不相信，被旁人的话左右你的思想，那么还谈什么人生呢？

很多选择本来就没有绝对的错与对，只有好或更好。决定你成为什么人的不是运气，大多数来自我们的选择与坚持，也只有坚定不移地相信自己，一头栽进去，不问结果去付出，现实才不会亏待你。

人是用来快乐的，不是用来保养的

跟云姐聊天，聊到为什么那么多男人都喜欢在年轻女孩身上找存在感，云姐一语道破玄机："他们都怕老啊，在年轻女孩身上看到当年自己的影子。有些年轻女孩子不敢说实话，只会乖乖奉承他，迎合他，让他心存幻想。人家一声哥哥，他还真以为自己年轻呢。"

人生不外如是，活得久了才发现最怀念的是那一段不经意被挥霍的时光，明白的东西越多，越容易失去方向，可是岁月并没有轻饶哪一个人，你身边的女人会老，你也会老，何必那么执着？

我见过最不爱打扮的女人大概是一些成名的女作家，她们一直维持着一副赶稿的状态，海藻般的长发干净飘逸，身上松松垮垮的衣饰，一条牛仔裤可以穿一个冬季，开心或不开心都藏在黑框眼镜背后，任何时候都看不出她的真实年龄，因为香烟背后的脸总是那么若隐若现，让你看不透她的世界以及她的真实年龄。为什么把自己打扮成这样？舒服啊，要不然坐在电脑前工作的时候还化个大浓妆，那多浪费时间，再说，化了又给谁看？

我也曾如此，无数个夜晚赤脚走在光洁的地板上，嘴里叼着烟一副唯我独尊的样子，完了再起来给自己倒一杯酒暖胃，累了就休息，饿了就吃，不亏待自己，自然也不过分地宠溺自己。

我们这一行的女人似乎都不在乎别人怎么看自己。作家的好处是不用靠脸吃饭，所以不怕老，并且年纪越大越吃香，因为随着年龄渐长，明白的东西多了，能写的故事也就多了，怎么会愁没销路呢？

一个人有自己的兴趣与事业，恨不得把所有时间都花在这上面，所以永远觉得吃饭浪费时间，出门化妆浪费时间。我们挂在嘴边的口头禅是："用这一个小时费心吃饭，我都可以写两千字出来。"

然而有些女人却十分害怕自己变老，她们希望自己看上去永远像少女一般，听到一个话题会睁大眼睛好奇地问："真的吗？"不仅如此，她们还喜欢把自己打扮成公主，头发梳得一丝不苟，穿上蓬蓬裙高跟鞋，又或者用低胸装企图勾起男人的胃口，一言不合蹦蹦跳跳，看，我跟少女并没有什么区别，对不对？

什么是年轻？不是穿衣打扮，更不是不停有男人上前请吃饭，要求留微信，回家坐等电话，节日坐等礼物。这样的人生除了消耗没有半点儿意义，反而看起来像是一场巨型自恋。你是谁？你在哪里？你在做什么？难道穿着破牛仔裤T恤出去看看世界不好吗？多翻几页书开阔一下自己的眼界不好吗？

比起这种肤浅的装嫩，不如踏实做自己。什么年纪就做什么事，人生才会有意义。你每天想着吃什么营养餐，笑起来不能露齿，要不然就会有皱纹出现，按时睡美容觉，出门花一个小时化妆穿衣，穿裙子一定要穿细高跟鞋，摇风摆柳的样子务必使男人心动。然而有些男人宁愿选一个巴掌大的网红脸，也不要你这种真材实料保养出来的女人。你是男人，试着等女伴化一个小时的妆，再穿上不合时宜的娃娃装看看！所以你输了，惨败收场。

既然如此，为什么不干脆坦诚地做自己呢？你眼角的皱纹并不代表可以夹死苍蝇。很多中年女性接受整容，追求完美，这本来是没错，但过分追求就显得造作了，你得高高兴兴地承认自己老了。是的，当年穿有洞的牛仔裤被妈妈骂，如今却不敢了，为什么？因为你以为男人都喜欢乖乖女。实则你错了，男人仍然喜欢那些不做作的女人，喜欢穿着平底鞋、破洞牛仔裤，笑起来像孩子一样的女人，只是如今网红脸横行，他们多了一个选择而已。

记得当年有一个电台节目主持人因跟领导闹矛盾，直接在直播间把手上的唱片朝领导飞过去，嘴里嚷嚷：“老娘不干了！”

之后她身边出现了一堆追捧她的男人，无他，就喜欢她独特的性格。

如果你迷失了自己，让自己倒退成光阴中的黑白照片，穿着不舒服的高跟鞋迎合男伴，你自己都会感到压抑，又何来快乐？

那悸动的心永远包含着真实而不做作，乖乖听从身体的安排，失眠睡不着干脆起来看一部电影不好吗？比起那些规规矩矩的女孩子，你胜就胜在不按常理出牌。

毫无疑问，人生快乐最重要，你的心情会影响工作与作息，不快乐甚至会影响健康。你的人生不应被男人牵引着，在等待中消耗宝贵的时间。

第三章

最贵的东西永远是你自己

最贵的东西永远是你自己

出席《每一个女神都活得很努力》书籍分享会的时候，我抛了一个问题出来：努力是为了什么？

有人说是为了在三十五岁之前实现财务自由，有人说可以有一天背起背包来一场说走就走的旅行。总的来说，不外乎钱，有了钱就有了自由，有了钱就可以说走就走，但钱真的那么重要吗？最后我问到一个有钱又自由的女孩，答案出来了，原来那么努力都是为了自己，最贵的东西永远都是自己。

对这个答案我是十分满意的，在我看来一些状态很好的女人大多把自己排在第一位，如果为了自己活得更好一点儿而被别人说成自私，那就自私好了。

她们一般都有好几种身份，比如女儿、妈妈、妻子、员工又或者是领导，在这些身份中如何做到平衡？其实就是做好自己，以身作则就是最好的表现。

小北在上海的时候十分落魄，工作没找着，带去的钱花得差不多了，短租房到期，她面临的一个问题是打道回府还是再坚持一下。她喜欢上海，所以想在上海碰碰运气，然而大城市有一个十分现实的问题，就是你有本事在这里混下去吗？如果没有，那么回家也是一个不错的选择。

那天我约她出来吃饭，吃完饭我送她回去，她在楼下迟疑半晌，最终开口问我："欢欢姐，你有钱吗？借我点儿现金。"

我知道以她的性格不到最后关头是不会问我借钱的，于是我问："多少？"

她说了一个数字，不多，两千。我说："身上没那么多现金，要不我用支付宝转给你？"

她笑着拿出手机，"现在我身上最贵的就是这部电话了。"

我说："错了，你是最贵的。"

因我一句话，她瞬间泪目。

人不能轻贱自己，钱财永远是身外物，早点儿认识这点没什么不好。人只有活着才有希望，自然，人活着有太多的附带条件，比如温饱，比如健康快乐。

苏小姐跟老公吵了一个月之后，老公搬出去住了，冷战，分居，接着应该就是离婚。她通过朋友找到我，话还没说泪先掉，末了她说："我什么都没有了，还不如死了算了，活着还有什么意思啊。"

最爱的人离去，就像胸口被人捶了一拳一样，想要的平静生活被打乱，没精神上班，没心情收拾乱糟糟的家，一切都因为一个男人的离开。

我说："《我的前半生》这部电视剧看了吗？子君知道老公有外遇之后，首先找了一份工作养活自己。你有工作，不用什么都伸手向别人要，所以才更要加倍珍惜。你有能力养活自己，何必太在意那个男人的去留？"

她哭着说："跟他在一起十年了，我舍不得。再说，他离了婚可以找个十八岁的小姑娘，我可能就要找一个八十岁的老头。"

原来她担心这个，我只好安慰她："别这么想，如今很多女人离婚了都能找到比自己年轻的小鲜肉，比如邓文迪在男人堆里来来去去，最后跟小鲜肉出海什么的，不都挺好的吗？"

她说："那是因为她是邓文迪，我只是一个普通女人啊。"

我火了，"那你想怎样？一个人躲在家里自怨自艾？钻牛角尖出不来，然后吞安眠药自杀？我告诉你，一个人自轻，别人是救不了她的。你今日来找我，证明你还不想放弃自己，再说，你还年轻，你的机会还有很多。"

她愣愣地看着我，不敢相信我会对她发火，但同时她也被我骂醒了，她问："你的意思是由着他去，什么都不管了？"

我点头，"该干吗干吗去，他不归你管，你也管不着。一个决定离开你的男人，无论怎样唤他回来，最后都变成将就，何必在他身上浪费时间？你要成就更好的自己。”

她喃喃地说：“可我什么都没有了。”

我笑，“怎么会呢？你有健康，你有自由，你还有选择。”

她听完也笑了，一扫刚刚的落寞与不甘，眼神随着她的笑也变得温柔起来。其实女人吵闹哭泣是想发泄情绪，我们皆凡人，拥有之后再失去难免不甘，但是再想一想，本来什么都没有，失去又算什么？至少你还有至亲，还有健康。人活在当下，难免会面对生离死别，凡事都看淡一点儿，便不会那么难过。

不强求，不将就，明白最贵的乃是自己，离开与失去的都是垃圾，回归简单宁静，就像三毛所说的那样：“爱哭的时候便哭，想笑的时候便笑，不求深刻，只求简单。”

其实我想说，如果现在笑不出来，那就等一下再笑，除了生老病死，其他都是小事。记住，保存体力，按时吃饭，不亏待自己，不勉强别人，如此便很好。

万箭穿心算什么，我在乎有一支是你放的

“全世界的人都可以说我，唯独你不能，因为你是我最亲的人。”花小姐说这句话的时候愤然甩门而去，没有人知道她到底有多绝望，是的，绝望。

结婚三年，第一次有了身后空无一人的感觉。她努力工作，下班还去进修，只为家里的条件更好一点儿，减轻老公的负担。她出去应酬，只为在这里打下自己的朋友圈，希望孩子上学的时候可以进入比较好的一所学校，她有什么错？她所有的出发点都是为了这个家，为了这个家里的所有人。

可是她错了，因为她错在为了所有人，却唯独没为自己，所以才会觉得委屈，觉得难受，她的伟大与光荣才会被践踏得一文不值。

与老公吵架之前，其实他们也吵过很多次。她在职场

上受了委屈，只能回来跟老公讲，但每次老公都是跟她讲道理，而不是站在她的角度去思考问题，他会说："如果我是老板……如果我是你……"却没有一次说："没事，不做了再找一份工作，咱不伺候了，不是还有我吗？"是的，一次都没有。

张小娴说："男人对女人的伤害不一定是他爱上了别人，在她脆弱的时候没有扶她一把，在她有所期待的时候让她失望，在她成功的时候竟然妒忌她。"

在她需要他的时候，老公居然没有支持她。女人要的不是你劝她离职或重新找工作，很多时候或许就是一句安慰的话，你却没有给她，所以你是不是该好好反省。

让女人累是你不对，让女人彷徨不安也是你不对，这些都是你没有给予她足够的安全感。如果你说："别做了，家里又不缺你的工资开饭。"那么女人会安心很多，自然也会对职场上遇到的问题不那么上心。她为什么那么在意？因为她害怕失去这份工作，更害怕你根本不关心她。

就像花小姐一样，她已经很努力了，陪领导去谈项目——因为她不会开车，领导要开车，所以她帮忙挡酒——喝吐了两次，领导还嫌弃她不能喝酒，说之前带谁谁谁出去就很不错，那同事又会搞气氛又能喝，把对方哄得一愣一愣的，成功把单子签了，而她还差那么一点儿。

这种事能拼人品吗？她自问已经做得很不错了，每个人的交际能力都不一样啊！回来后她跟老公说了下，老公不耐烦地说："那下次就别去了，你说你是有家庭的人，喝成这样成何体统？”

想要得到安慰却换来责备，她愣了愣企图转移话题，于是她说：“能帮我倒杯水吗？”

她老公说：“你怎么不叫我给你洗澡呢？你看你，吐得衣服都脏了，你都混什么啊？也没见别人上班像你这样，隔壁陈姐六点下班回来煮饭给老公孩子吃，八点陪孩子做功课。你倒好，现在都十二点了，还让我伺候你，早知道你是这样的，当初就不会跟你结婚了。人家上班，你也上班，你上个班怎么还要陪领导喝酒呢？”

于是有了开篇那一幕，花小姐趁着酒意甩门而出。她心里苦却不知道跟谁说，她可以不要工作，可是她那么努力为家里，为什么最亲的人却伤她最深呢？

如果她不是付出这么多，如果她不是委曲求全，她早已在第 N 次跟老公吵架的时候离婚了，可是这样的生活又何谈幸福？

她就这样在马路上走了一晚，在凌晨的时候买了早餐进门，等孩子上学后坐在电脑前打了一封辞职信，然后进浴室泡了个香薰澡，穿上睡衣躺在刚换了床单的床上合上双眼，很快睡着了。

醒后她去了趟菜市场，买了先生爱吃的饺子，对于昨晚的事一字不提。她知道老公就是这么忠厚老实，也知道爱一个人才会觉得这个人需要保护，他是一个有爱而说不出口的人，她又是一个受了委屈想要拥抱的人，他们之间注定没有浪漫，只有互相体谅。

万箭穿心算什么，不被身边的人理解才是最难过的。真正的夫妻都是一边口出狂言，一边又害怕你受到伤害，眼睛在下雨，心却为你打伞，一旦认真，恐怕就要失去了。

花小姐学会有事自己扛，凡事不再声张。女人的一夜成熟拿她做例子最好不过了，既然在老公身上要不到想要的，那干脆就不要了。

但生活还是要过，工作还得重新再找，只是她不再勉强，因为她走了一晚上得出一个道理：凡事不能勉强，感情如是，工作如是，勉强没幸福。

后来她找了一家公司做人事，没事就培训一下新人，讲讲公司的规章制度，准时下班接孩子，买菜做晚饭，日子过得平淡而有滋味。她仍然没有放下自己的梦想，期待有一天自己的世界自己做主。她还有很多事没做，希望孩子脱离她怀抱的那一天拥有自己的咨询公司。如今她只是积累自己的人脉，淡定的心态帮了她不少忙，去别的公司做演讲临危不乱，树立了良好的形象，公司领导对她客气有礼，使她倍受尊重。她在这样的公司上班感到身心愉悦，感到人生十分美满。

这个世界可能充满恶意，是善是恶，很多时候在于你怎么看、怎么想，如果你本身是不在乎的，那么谁都伤害不了你。花小姐用了一晚的时间想通，既然不能改变老公，那就改变自己吧！除非自己是真的不想跟他过了，又或许他俩真的不能过下去了，可是彼此都没有错，凭什么不能好好过下去？老公不喜欢抱怨，又或者没能力解决她的问题，那么就只能靠自己，这么一想释怀了，释怀了就不会跟老公过不去，问题很容易迎刃而解。

很多时候我们也是这样，对身边的人抱有太多希望，总觉得他应该怎么做，却没想过自己应该怎么做。当全世界都觉得你有问题的时候，可能你真的有问题，这时你需要反省，而不是拉着自己的老公企图反对全世界。对抗全世界需要勇气，为什么要对抗呢？此路不通，我转弯还不行吗？

或许聪明的老公会说："就是，他们都不对，我老婆是最棒的，咱明天就辞职。"你听到老公站在你这一边已经释怀，还辞什么职啊，调好闹铃第二天乖乖上班去，再也不跟自己过不去，毕竟如今竞争那么激烈，谁敢轻易辞去一份不错的工作啊。

可以说出来的难过就不算是难过

很多人害怕失败，害怕别人笑话，宁愿躲起来玩游戏，看毫无营养的肥皂剧，还骗人骗自己说我在思考，在冷静，在想未来，光想有什么用？一切都没有付诸行动，会变成一个笑话，会变得一文不值。

年轻人，你不应该沉迷游戏或肥皂剧，你应该给自己定一个目标，然后朝着那个方向不顾一切地走。

毕业后我在一个港资公司上班，做了两年零五个月，因为看不到未来，我递了离职信。离职后我做了很多工作，在咖啡厅端盘子，在商场做促销员，卖过衣服与化妆品，业绩都不错。我以为我这辈子会过着看似不错，实则根本不是我想要的这种生活。

2013 年，发生了一件事，我永远都忘不了，母亲生病进了医院，点名要我回去陪她。我知道这是一个漫长的过程，于是辞了职回去侍奉左右。

母亲是一个忍耐力极强的人，一般情况下都会瞒着我，唯独这次她以为大限已到，急切地想见我。我回去看见往日精神很好的母亲躺在床上像霜打过的茄子一样，有气无力地说着梦呓，一时悲从中来，忍不住转身而泣。

她的脸色很差，怕冷，大热天穿着长袖，却又不停出汗。医生说这是虚汗，病人现在身体很虚，需要调理。她身子一直不太好，不能吃冷的东西，胃寒，不能吹风，是以前月子没坐好落下的病。看着病榻上的她，我感到如此无能为力。

半夜她醒了，要喝水，我倒给她，她却说水太烫凉一会儿再说，于是跟我聊了起来，她说："你也老大不小了，过日子不是过一天算一天，总得为自己打算一下，别总听你爸的什么骑驴找马，有了驴的人是不会用心去找马的。我问你，你就甘心一辈子做销售卖东西吗？"

我沉默，但为宽母亲的心，还是忍不住说："妈，我有积蓄，有时业绩好的时候比文员的工资多很多，你放心，我会为自己打算的。"

她摇头，"不是的，跟积蓄没关系，孩子啊，你是在浪费时间。妈不求你赚多少钱，只求你活得像自己。你从小主意就多，办法也多，怎么到了现在变得甘于平淡呢？我希望你做喜欢做的事，而不是得过且过。光阴易逝，你总不能一辈子就这么过吧？"

既然她有精神，又把话题聊开了，不妨顺着她的话题聊下去，我说：“妈，那你觉得我应该怎么做？”

这时她端起杯子喝了一口水，说：“我记得你小时候的文章总被老师贴在学习园地，而且你的梦想是做一名人民教师，那么你至少朝那个方向去发展啊。”

我笑着说：“敢情妈妈是希望我能光宗耀祖？”

母亲也笑，“周星驰一个演员梦做了几十年，你为什么不可以？”

那天晚上从医院回家，突然下起滂沱大雨，我没有带伞，也没有奔跑，而是让雨淋得浑身湿透。其实知女莫若母，母亲是最了解我的，她知道我心大，知道我不甘平淡，知道我想要又害怕要不到，所以她鼓励我。如果在她有生之年我没有做出一点儿成绩，怕是连我都不会原谅自己。

这场雨来得十分及时，把我浇醒了，我忽然知道自己是身负重任的，是被人寄予了希望的。我并没有忘记在销售这一行中被同事抢单后的失落与无奈，以致后来避免被人抢单，跟客户打好关系，私下送点小礼品什么的，为求业绩做得更好。

有时我会一个人带着资料跑到客户家，跟他们谈一些细节；有时我甚至跑到快递公司那里，只为快点儿找到要用的东西。为了业绩，我打飞机到上海跟客户接洽，就是为显示自己的诚意与效率。很多时候心力交瘁，不时哭着打电话跟朋友倾诉，说完之后又像女战士一样抖抖双肩往前冲。

记得有一次自己跟了大半年的单子被另一个同事抢去，心中郁闷无处宣泄，打电话给闺密，闺密说：“弱肉强食，竞争一定是会有的，能说出来的难过就不算是难过，如果实在不想做就不做吧，毕竟这也不是你的专业。”

她说得很对，能说出来的难过就不算难过，哪里都有没底线的人，哪个公司都会有一些小人，能躲得过吗？不能，你爬得越高，越有人羡慕妒忌恨，就当是给自己一场洗礼吧，但仍然忍不住说一句：“那是我跟了半年的单子，就这样被她签了，好难过。”

闺密笑了笑，“她不过是运气好，你得这么想，你在哪儿都可以生存，而她却不一定。你的业绩一直名列前茅，你走了，谁损失最大？自然是公司了，公司领导又不是傻子，会不知道这种事吗？”

是啊，跟自己死磕没什么，结果只要是好的，还怕没出路吗？

三年后，我在市中心买了一套房子，把好友都请过来，然后告诉她们我现在在家里办公，以后请多多指教。

很多时候人们心中都有一个梦想：在一个有庭院的房子里，有很多的落地窗，阳光洒在木地板上，躺在那里，双脚贴在玻璃窗上，看着窗外白云朵朵，仿佛轻轻一碰就可以摘下来，不必面朝大海春暖花开，因为心情好了，一切自然就好了。

最好的日子大概就是不与傻子共事，不为金钱低头。

如果现在的人生不是你想要的，你也讨厌现在毫无棱角的自己，那么你应该为自己做一些什么，至少我们先从身边做起，比如不再参加无必要的社交，不再漫无目的地刷微博与朋友圈，不再毫无底线地透支信用卡，把手机里的游戏卸了，也不再追毫无营养的肥皂剧。你要知道时间宝贵，岂能用在这些毫无意义的事情上！

先谋生，后谋爱

亦舒说，爱情是极奢侈的一件事。也就是说爱情是消遣品，也是有钱人的玩意儿，因为爱情奢侈在于浪漫，而浪漫是需要金钱的，比如在细雨中开着敞篷跑车在山顶兜风；出入高档场所，有专人伺候，喝着几千上万的红酒，听着细碎的音乐，切着空运过来的牛排，枕着情人肩膀翩翩起舞等等，这些都需要钱。一旦步入社会就知道爱情重要，但面包更重要。

爱情是什么？也许就是一瞬间的怦然心动，一日不见如隔三秋的思念，想起对方会不自觉地微笑，很冲动想见他，却又忍不住矜持，总会留意对方的消息，却又安静乖巧地不打扰对方，可是出门遇上雨也会叫他带一把伞。

只是爱情能当饭吃吗？不能。当一个人开始操心柴米油盐，才是真的长大了。

昨晚睡前跟娟子聊天，说起爱情这个话题，她说现在忙得没时间谈恋爱，忙里偷闲的时候也没空留意别人或关心别人，一开始觉得女人没钱不能随便跟男人出去，变成如今越独立越不需要男人的状态，十分无奈。

我笑，“遇到合适的人，适当谈一场恋爱也是应该的，何必把自己绷得那么紧呢？如果觉得还不是时候，那么出来的时候说好 AA，给自己一个机会，给别人一个机会。”

她说：“算了，我想把自己提高一个层次再去谈恋爱。现在我身边围绕的都是一般男人，适合当男朋友风花雪月，却并不适合做老公。换句话说，过日子还是得有实力，现在房价那么高，婚房都没有怎么结婚？我年纪是不小了，自然希望找的男朋友会变成日后的老公，要不然为什么花时间谈恋爱？是手机不好看还是红酒不好喝？”

有句话说：“最好的婚姻不是你负责养家，我负责貌美如花，而是我们势均力敌，你很好，我也不差。”

所以娟子一直在鞭策自己，想要觅得如意郎君，必须自己配得上那个光芒四射的他。小时候喜欢学习成绩好的人，自己的成绩也不会差到哪里，如今喜欢黄金单身汉，凭什么认为别人会喜欢上你？唯一的可能是你成功吸引了他的注意力，他认为你适合做妻子，才会对你上心并追求你。男人也好，女人也罢，首先发出光芒，才能吸引别人的注意。吸引别人的注意也只是第一步，怎么留住对方才是关键，如果没有内涵，吸引也不会变得长久。

年轻倔强的我也曾有过那么一段不将就的岁月，毕竟年轻，总想推开所有人靠自己站起来，因为自己拥有才算是真正拥有，靠家里的关系找的工作算哪门子工作！

始终无法证明自己的实力，于是一个人去了北京，找了一家不错的出版社，从实习生做起。实习生听从社里一切人员的安排，只要是个人都可以安排我的工作，一时间我的桌上堆满了没校对的稿子，还有一些走访名单。我告诉自己，没关系，吃得苦中苦，方为人上人，没有名校学历，又没有后台，自然要吃一点儿苦的。当我第一个月拿了三千的工资后，扣除房租与日用品等费用，剩下的只够半个月的伙食费，我才发现要生活，必须往上爬，爬到总编或主编的职位才够资格说生活，而目前这种状态仅仅让我活着。每次一交完房租穷得像只流浪狗的我发誓，没钱不谈恋爱，我不希望男朋友带我出去吃顿火锅都感动得要以身相许。

这些年放弃过很多东西，唯独没有放弃过烟火味，我可以忍着不买裙子，却努力攒钱买了一个可以炖汤又可以煲饭的电饭煲，因为一想到可以有热汤喝，有热饭吃，再也不用吃快餐的时候，抱着电饭煲的手都忍不住颤抖起来。那种幸福感十分真实，不比与男神牵着手在花前月下逊色。

后来，将苹果电脑、苹果手机、出几本书、买房等等小心翼翼地写进未来五年的计划里，固执地不动信用卡的额度，因为知道信用卡是一个无底洞。就这样，将心事一点点地写进自己的秘密里，然后再慢慢地实现。这个过程需要有足够多的耐心去支撑，因为来日方长，所以我并不着急。

偶尔也会羡慕朋友换了新款手机，有同学交了房子的首付，但我羡慕归羡慕，也知道别人的东西属于别人，自己也想要，自然要加倍努力才行。

年少时努力让自己过得更好，不是想着君临天下，而是希望站在自己心爱的人面前可以坦然淡定，他有我可以陪他，他没有我可以助他，如此便很好。

无论是年少轻狂还是浪漫如月，都应该先把底子打好再去谈恋爱，要不然就是对爱情不负责任。试问有这时间风花雪月，为什么不好好用这时间去做更有意义的事呢？

流浪汉只关心明天吃什么，今晚住哪里，同理，如果你对未来都没把握，你又怎能给另一半承诺？

一个有责任心的人不可能在三餐不继的时候结婚生子，而一个有能力、有金钱的人并不急着结婚。没人觉得结婚不需要金钱，而爱情是真的不能让你喝饱的。

你不努力，一切都跟你没关系

北京是一个带着魔幻色彩的城市，去过北京的人回来后都会忍不住说："我在北京……"带着些许怀念，带着一点儿不甘，又带着小小庆幸。如果再叫你去一趟，你又会拒绝，因为去过了，不再留恋了，又或者尝过的苦再也不肯吃一遍。

我刚去北京的时候几乎不认识任何人，是靠着一台电脑联系在网上认识的人，然后约在市里的繁华地带，从他们的衣着谈吐中察言观色，如果第一感觉好，接下来我们就可以做现实中的朋友。

记得那时首先联系的是一位女编辑，她叫小雨。那天她下了班后到汽车站来接我，然后坐公交车到短租房的地方。我算是找到了落脚的地方，但只租了一星期，也就是说一周后我就得找房子搬家。她在房子里转了一圈后离开，我送她出去，因为太晚，她打了个车就走了。我永远记得那天，她帮我提着电脑走过长长的一条胡同，然后又消失在胡同的另一头。

后来我找到工作，搬到群租房。那是一个没有暖气的房间，北京的冬天很冷，我曾在半夜被冻醒，看着窗外白雪皑皑，一时不知身在何处，愣了半天才想起自己在北京。我想家，想妈妈，想我爸烧的菜，那天晚上就在寒冷中清醒地度过。第二天出门上班，路过一家面包店，进去买面包的时候看见一位母亲牵着一个可爱的小男孩，忍不住鼻子一酸落下泪来，太想家了！第一次离家那么远，第一次不敢靠诉妈妈自己过得并不好。因为倔强，不想从家里拿钱租好一点儿的房子，但漫长的冬天我要怎么度过，这真是一个问题。

我记得有一次去同事家，他家在北京三环边上，两室一厅，家里不像租的房子那样简洁，但厨房的烟火气让我羡慕不已。他说："以后有空可以到我家吃饭，我老婆烧的菜很好吃的。"

我又怎么会厚脸皮去蹭吃呢，唯唯诺诺中发誓自己也要拥有这样一间房子，厨房归我管，我要烧很好吃的菜来慰藉早已千疮百孔的胃。

当时我租的房根本不能住人，没暖气会冷，但又不能开电暖气，因为我们群租房的电费是分摊的，一用电暖气，电表就转得飞快。北京的用电跟广东是很不一样的，广东是用多少交多少电费，北京是先充电卡，用完了就自动跳闸。我隔壁的小姑娘就曾偷偷用电暖气，结果一用就跳闸，不是电压不够，是一用就把卡里的电用完了。

为什么要租这样的房子？便宜啊。

那时有人问我："给自己多少时间？"

我说："三年，三年如果没有成绩，那我就回广东。"

然而并不是没有成绩，用时间与阅历堆起来的都是宝贵的成绩单，这些成绩单不会因为时间的消逝而不见，正如相交的朋友不会因为没空见面而疏远一样。

所谓的成绩就看你怎么定义。三年后我并没有在编辑圈里混出个名堂，我走的时候手爷对我说："你喜欢写东西，或许作者更适合你。"

我回来了，但我的人脉还在，我边工作边写东西，边写东西边照顾家里。在家，我是老大，家里有什么事我第一时间处理，似乎给了双亲很大的精神鼓励，有时他们简直把我当儿子一样养。

我永远无法忘记我爸高血压进医院的时候，我正身处北京跟主编讨论做新书封面的事，我妈给我打了两个电话，我都没接到，因为我把电话放在办公桌上没拿进主编室，等我发现的时候，我爸已脱离危险。那时我就想，我那么努力是为了什么？答案呼之欲出，是的，我这么努力就是为了实现财务自由，选择工作地点，不再离亲人那么远。

人生就是这样，在我落魄无依时，当我准备放弃写作时，我遇到了小白，她对我说："你不努力，那么一切都跟你没关系，你想要的大房子、大工作台都会离你越来越远。"

人活着可能就是为了争一口气，很多人说我不行的时候，我在努力寻找行的方法。不行只是暂时的，解决不行是必要的。放弃很容易，坚持太难了，但成功往往属于坚持到最后的人。

有时忙到没有任何休闲娱乐，但至少我知道熬下去的点儿在哪里，且比我在北京的时候好很多。我知道很多北漂的人比我惨多了，他们住地下室，吃十几块钱的饭盒，舍不得买三十块的蛋糕，恨不得买个电饭煲与电磁炉回出租房做饭吃，买了菜放在冰箱里忙得没时间吃，放到第三天菜发黄了，只好狠下心把黄的部分摘掉。

“漂泊”这个词有点儿酸甜苦辣的味道，跟现在包裹得光鲜亮丽的那个人似乎没有一点儿关系。漂泊的日子里没有什么明媚清新的阳光，因为不知道未来的日子在哪里，就连最接近人间的厨房都是暗淡无光的。大部分的人脚步匆匆，在地铁站擦肩而过的时候，麻木的脸想着离开这个远离家乡的地方，但还是乖乖朝公司的方向去走。

我认识的一个女孩用了七年时间从一个实习生变成正式员工，再从普通员工变成项目管理人，忽然有一天她有了创业的机会，于是有了一个留下来的理由。她是一个渴望安稳的女孩——大概所有女孩都渴望安稳——一有机会便买了一套远在郊区的房子。买完，她请所有人吃了顿饭。酒过三巡，她颇有感触地说：“努力大概就是把想拥有的东西实现了。为了我们的欲望，干杯！”

她精心布置新房，只是没想到第七年换了一个大房子，并且已经向三环内出发。因为刚需，她还要一辆装门面的好车，于是一咬牙贷款买了一辆车，放在七年前谁敢做这种梦？所有的苦都是源自一个渴望，只要结局是好的，过程让我怎么哭都行。

每一个励志的故事之所以励志，不是因为结局多么好，而是对方明明可以选择回家享福，非要跟自己过不去，吃了那么多的苦。那不是倔，而是为了证明自己可以。

因为我们心里都明白，如果不努力，那么这一切都跟自己没关系。住在自己努力赚钱买来的房子比父母赠予的踏实很多——这是朋友告诉我的——父母一旦收回，那你会变得一无所有，而自己赚的不一样，哪怕有一天生意失败用房子抵押，也知道自己总有一天会重新站起来。

你的容貌决定了你的幸福

生活是一面镜子，过得好与坏，都能从镜中看到最真实的自己。骗不了别人的，永远是自己的内心。表面的衣着光鲜改变不了容貌，唯有你的心能控制你的面容。有人活到四十岁仍然像少女，有人未老先衰，刚过二十岁就老气横秋，整天心事重重，容貌像四十多岁。

当年邓文迪离婚，她憔悴苍老的面容出现在各大头条，作家胡紫薇写下《你的容貌，就是你灵魂的样子》。两年后的邓文迪手挽年轻、有才气的小帅哥出现在镜头前，笑容灿烂，春风满面。一个人的内心真的可以从容貌上反映出来，我想这回胡老师应该写下《你的容貌，就是你生活的样子》。

我的朋友容小姐年近五十，她妆容淡雅，举手投足间，优雅气息扑面而来，浑身散发知性女人的魅力。而与她坐在一起的小姑娘浓妆艳抹，完全掩盖了原来的肤色不说，那张红唇实在让人不敢恭维，行为举止更是浮夸，翘起的兰花指不知道是在闹哪样。

有些人七十岁了仍然化着淡妆出门，选择合适的唇膏，穿着适合自己的衣服，学着永不过时的配搭，而有些人太过随便。

其实彼时的容小姐正经历丈夫出轨，独自承担工作的压力。没有人知道她白天工作、晚上加班到深夜的痛苦，只知道她人前春风满面，出入有专车接送，衣着光鲜地出入各种场合，根本不知道像女超人一样的她背后是多么狼藉。

前不久她有个老搭档因为癌病离开了这个世界，她明白在生与死面前，所有的人与事都变得好渺小。她无法原谅出轨的丈夫，但也深知一个道理：如果自己在这件事上纠结，那自己的时间就被浪费了。她没有时间浪费在一个不爱自己的男人身上，所以只能奋力向前。

没伞的孩子在雨中只能努力奔跑，即使跑不过雨，至少尽力了。

她安慰自己的方式便是工作，只要她的工作越来越出色，家里越来越好，任何人都奈何不了她。一个人居高临下的时候，看的事物自然就不一样，区区一个渣男，真的不是问题。

是的，男人根本不是我们生活的重心，我们还有很多事需要操心，比如工作，比如孩子，比如父母。

一个人过了二十岁就得对自己的容貌负责。一个人的容貌跟长得好不好看没有关系，亲和力与个人魅力决定着你的前途与幸福。还记得那个著名的故事吗？美国总统林肯在面试后拒绝了幕僚推荐的一位才华横溢的应聘者，幕僚问他原因，他说："我不喜欢他的长相！"幕僚不解地问道："难道一个人长得不好看也是他的过错吗？"林肯坚定地回答："他得为自己四十岁以后的长相负责。"林肯对他够宽容了，因为他将年龄延长到了四十岁。

是的，如果容小姐将不开心的情绪带到工作上，她的合作伙伴就会从同情到厌倦，然后离开她，她的事业也不会做得那么大。一个人就像一支军队，前提是你得用正能量带动士气。士气是什么？就是你的宽容与豁达。

命由己造，相由心生。境随心转，有容乃大。

以貌取人是有道理的，一个人的性格、行为举止决定了他的精神气质，所以看人看表面，往往一眼定生死。

晓夏最近成了朋友圈的红人，原因无他，只因她老牛吃嫩草。

我第一眼看到晓夏的时候就被她可爱的笑容吸引，她的笑容像有魔力，像一股清泉直入内心，令人心情舒畅。

很多人以为她只有二十三四岁，不知道她已经年过三十。她面色红润、活泼开朗、体态丰盈，绝对是一个青春无敌美少女！知道她年龄的人都会大吃一样，异口同声道："真看不出你有三十岁啊！"

她老公与她站在一起，看起来却比她大了好几岁，一问才知，她老公竟然比她小六岁。

此前大家都知道晓夏是一个没有心机的姑娘，都乐意与她接近，跟她做朋友。说也奇怪，她结婚三个月后，我才知道她早在七年前就结过一次婚，并且生了孩子，如今的她绝对是二婚。她第二次结婚的男生是纯情小鲜肉也就算了，还是某上市公司副总的儿子，这么一来，她嫁了个富二代啊。

结婚后没多久，她就夫唱妇随地到老公的公司去上班，担任部门经理一职，没有管理经验的她居然把部门好几十号人管理得妥妥的。听她公司的人说，这姑娘不仅心思细腻，更难得的是心地善良，没有高高在上的气势，乐于与同事做朋友。她处事稳重大方，将所有问题看在眼里，并一一解决，上到公司董事长，下到公司停车场保安，不管谁找她，她都是和颜悦色耐心倾听，寻找问题根源，亲力亲为去解决，没有上下级之分。她将所有工作都安排落实到位，着实是一位不可多得的贤内助。

有人说她老牛吃嫩草，赚了，知道内情的人却认为是她老公赚了。难道不是吗？她老公不费吹灰之力就找到一个既是妻子又是搭档的女人，还有什么比这更幸运的？

以貌取人真的很有道理，我们在平日的生活中会见到形形色色的人，通过外貌不难看出他的内心世界，宽厚单纯的人多半是一脸幸福相，粗暴的人容貌多半是穷凶极恶，心地狠毒的人往往长得尖酸刻薄……

其实，你的内心决定你的容貌，别以为你想什么别人不知道，很多时候别人只是不想当面拆穿你而已。

生活是一种姿态，别让生活把你逼成泼妇。过去的不必再想，因为已经过去了，再纠结又有什么用，不如活得更精致一点儿，活得淡然，活得有方向感，在不知不觉中成为别人模仿的对象，成为某些人口中的榜样，活出不一样的精彩。

你的思想会左右你的眼神，你的眼神会左右你的气质。心地善良的人总是一副微笑而和蔼可亲的样子，这种亲善的气场正是与人为善的本质。没有人会喜欢一个整天愁眉苦脸的人，温和又不失善良的人却会讨人喜欢。你生得再漂亮，如果整天一副别人欠你钱的样子，是不会有人喜欢你的。那些积极向上、阳光明媚、嘴角上扬的人反而有一个好归宿，被人懂得，并珍惜着。

记住，相由心生，别让不好的人与事影响你的心情。记得每天对着镜子练习微笑，久而久之，你的人缘想不好都难。

只听见赞美的人生注定失败

小冰小时候常听大人说：“你看她长得真好看，这是典型的瓜子脸吧，那双眼叫什么？哦，没错，就是传说中的丹凤眼！”

瓜子脸配丹凤眼已经秒杀很多土包子，再加上她皮肤雪白，小巧的鼻子与嘴巴，简直精致得不像话。从幼儿园到小学五年级，她一直都是校花及班花，成绩也一直名列前茅，深得同学与老师的喜爱，直到插班生小燕出现。

小燕是五年级下半学期插班进来的，她一进教室引起全班哗然，怎么会有这么漂亮的氧气美女，那一头乌黑的长发又黑又直，直达腰际，每天梳不一样的发型，今天是高高地扎在脑后，明天是双辫垂在脑后，后天又是公主发型……一头长发展现出不一样的风情，总能让人眼前一亮。最厉害的是她那一头长发永远飘逸，永远没有油腻或头屑出现。如果说小冰的皮肤是白的，那么小燕的皮肤就是白里透红，眼睛大大的，一笑顾盼生辉，再笑倾城，一张鹅蛋脸，身材高挑，发育良好。如果说小冰是古典美女，那么小燕就是时尚美女。两个不同风格的人似乎不用比较，但大多数人都更喜欢小燕。

一直以来专属小冰的风头瞬间被小燕夺去，小冰很不开心，但她很快调整好心态，专心读书，两耳不闻窗外事。很快到了初中，少女情窦初开的年纪，被簇拥的小燕很快就被高年级的男生示爱。

哪个少女不怀春，小燕也一样，她偷偷暗恋着一个比她高两届的男生。那时，女生喜欢一个人总会有办法引起他的注意，如果他也喜欢她，那么她就坐等他来追就好。

那个男生是体育健将，眼睛大大的，被晒成古铜色的皮肤尤为吸引人。喜欢他的女孩子很多，但他还是无可救药地喜欢上了小燕。

小燕那时成绩平平，有了男朋友之后更无心学习，成绩一落千丈。身为师长，班主任找她谈话，总觉得一个聪明又漂亮的孩子不应该把自己的前途毁在恋爱上。但热恋中的小燕怎么听得进去，不过被老师谈话之后，她倒是收敛了点儿，至少认真听课，不再走神。

而同样长得不逊色的小冰也有人追，但她用冷眼旁观的态度面对这些突如其来的约会。她接受男生写给她的情书，接听男生给她打来的电话，但并不为情所困，也不为谁心动，生活作息均有规律，学习成绩一直排在全班前五名。小冰文静的性格深得老师与校方的喜爱，小燕因为沉迷爱情，老师虽然没说什么，但心里还是不看好她。

事情的转折点是在小燕的男友初中毕业后。那时她才上初中二年级，一下子不能接受男朋友毕业要到外地读书的事实，心情受到影响，成绩直线下降，更糟糕的是男朋友上了高中之后渐渐与她生疏起来。

本来小燕回学校看不见男朋友已经很失落，如今更明显地感到男朋友的冷落，一气之下答应了候补男生的追求。班上的人都说她耐不住寂寞，没有男朋友不行，什么难听的话都有，但她依然我行我素，一副你们奈我何的样子。

初中毕业后，小燕随便读了个中专，还是她爸爸托人找关系进去的。家里人想着她好歹算是中专生，不会太丢脸，毕竟初中毕业后学历太低，谈结婚又太早，不读书还能干吗呢？

小燕在情场上分分合合，也生了厌，她知道那些男生追她的企图，感到不好玩儿，从一开始的认真到最后的假装认真，从一开始的激动到最后的心如死灰，她的样子没变，但她的内心已经千疮百孔，疲倦不堪。

中专毕业后，她找了个对她好的男生草草结婚。那个男人的条件不太好，但油嘴滑舌，能把她逗笑，是从来没让她哭过的男人。

婚后两人也过了一段好日子，但孩子出生不到一年，那个男人又去讨好别的女人。小燕发现后伤心欲绝，悔不当初，可是为时已晚。幸好她家庭条件比较好，与老公协议离婚后，一个人带着孩子回了娘家。娘家迅速给她买房买车，盼望她能振作起来，把之前不愉快的事情忘掉，还托人帮她找了一份轻松的工作，让她开着车去上班。

长得好有时并不是福气，特别是在自己没有判断能力的时候，更是一把双刃剑。不能认清自己，不知道自己该干什么，以为凭着一张脸就可以过上好日子的女人实在太多了。

小燕错在读书的时候没有好好学习，该擦亮眼睛的时候却当了公主。被人伺候的感觉当然很好，可是她没有看清对方的人品与性格就盲目把自己嫁了，以为会被对方捧在手心，却不知道那人的企图是什么，目的又是什么。

与其相反，小冰被小燕打败那一刻就认清了自己的处境，知道山外有山、人外有人，想要与众不同，必须学好本领，人无我有、人有我精才是王道，于是她发愤图强，考了个本科，毕业后参加工作，很快升职，如鱼得水，游刃有余，风生水起。

她在这么多年对小燕的冷眼旁观中学到一件事：男人在追你的时候可以上刀山下油锅，但会止于追到你之后。

小冰从来不在恋爱上浪费时间，她认为过了二十三岁以后再有人追她，那对方可能是冲着结婚去的。那时候的她思想成熟、事业稳定，适合组建家庭、结婚生子。结婚前她会衡量对方的条件，从人品到性格、从家庭背景到学位、从职业到生活体验、从长相到身高，确定合拍后才踏出重要的一步。她从不人云亦云，也不因年纪大了就让步，“将就”一词对她来说是天方夜谭般的存在。她的理念一直都是结婚前坐公车上班没问题，结婚后坐公车上班也没问题，但房子与存款一定要有，要不然怎么保证婚后的幸福生活?

谢天谢地，当年她没有被赞美迷了心窍，也没有耽误最佳的学习时间。她想，只有自己变得更好，才配要更好的东西。如果是门当户对，她也有底气与男人谈判，要不然就会落得小燕一样的下场，想想，真的好险。

成功没那么容易，但不想失败就只有奋起直追，咬着牙去做你认为十分有意义的事。

比如写作就是一门非常奇特的职业，成名之前常常被人看不起，一旦成名便有一种光宗耀祖的感觉。很多作者在没成名之前是默默无闻、毫不起眼，甚至没有固定收入的，一旦成名便彻底与过去那种没有固定收入的生活说再见，以前吃过的苦、熬过的夜、看过的书变得更有意义，却也更加不值一提。

第四章

婚姻不是一服不如意时的中药

婚姻不是一服不如意时的中药

有些人以为生活、工作不如意结个婚就好了，有些人家里老人卧床，以为结个婚就好了。实际上，生活不好或工作不顺跟结婚没有任何关系，老人卧床不起更跟家里有没有喜事扯不上任何关系。生活如果本身就是一团糟，那么结几次婚都没用，问题的关键是在你个人身上，与婚姻何关？

李姑娘最近感到压力非常大，毕业生一大波一大波地到公司实习，表现出色的都转正，而她因为心情焦虑导致工作频频出错。她打电话对我说：“之前你说的那些单身男子还单身吗？我决定接受你的建议先见一面。”

我好奇地问：“为什么？之前不是发誓打死都不相亲的吗？”

她无奈地说：“我的工作不太顺，也许相亲看对眼儿就结婚了。你说两个人总比一个人好吧，如果我失业了，至少有个人在家承担生活费，对不对？”

我不能完全认同，可她说的又好像是这么个理，人嘛，首先想到的是自己，但看对眼儿了就结，是不是太草率了？我不反对婚前性行为，但也不能这么随便，婚是要结的，但谈恋爱是必不可少的。

我知道了李姑娘的本意之后，便决定不介绍男朋友给她，为什么？太多故事告诉我们，床不能随便上，婚不能随便结，那些狗血剧里就有某姑娘与某男谈恋爱的时候都好好的，结婚后三日一小吵，半月一大吵，一吵不是摔碗就是甩门，家里的东西几乎都换了个遍，就差把男女主人换了。

为什么会这样？很简单啊，婚前没有生活压力，婚后各种问题出来了，同住一个屋，缺点都表露无遗，自然是受不了的，各自性格又要强，彼此都不让步，很多生活中的小事都拿放大镜去看，能不吵吗？没打起来已经很不错了。所以，婚姻能当作不如意时的一服药吗？不能。

婚姻能给我们什么？很多女人说合法地躺在一张床上，生下的孩子能上户口。婚姻能带给你稳定的生活吗？如果你本身都不稳定，难道结了婚就稳定了？别把自己的不安稳强加在另一个人身上，要求对方跟你一起承担所谓的责任，这样对别人是不公平的。一纸婚书尚且可以说作废就作废，何况是人心？“分担”一词太沉重，谁都有自己的事要做，谁都不是谁的救世主。爱不是前提，爱是彼此势均力敌，互相吸引，不是成为彼此的负担。

传统婚姻更多的是责任，比如我跟你睡了就得对你负责。如今世界已经变了，还记得那个交给妻子十一万不回家的帖子吗？女生们都羡慕极了，只要有钱，还要老公干吗？这么看来，老公根本就是一无是处，孩子是自己生的，家务是自己做的，一切水电煤的费用是自己交的，他只负责工作赚钱，回家把鞋一脱便玩游戏，还得伺候他吃喝拉撒，完了还得洗他的臭袜子。姑娘们都说不用十一万啊，给一万都愿意。还有些跟帖的说不要钱都可以，只要老公不回家。看看，她们得多嫌弃自己的老公！

你还期盼有一个英雄踩着七色彩云来救你于水火之中吗？别做梦了，钱钟书先生就曾说过："婚姻是一座围城，城外的人想进去，城里的人想出来。"

如今很多女人都已具备独立意识，但还活在旧式婚姻中，导致很多婚姻以离婚收场。为什么？有人十分形象地回答："以前东西坏了都想着怎么修，如今坏了都想着换。"确实是这样，包括婚姻，过不下去就换一个人过。如果是个人问题，换个人过，这个问题还是存在。在婚姻中，应该有足够多的尊重、责任与包容，而现实生活中人们缺的正是这些尊重、责任与包容。

以致我们都不想结婚，有时生活陷入困境难免会想，如果有人与我分担多好。这种设想就好像在男友这里受了委屈，随之想起前男友的各种好一样，难道你还不清楚前男友为什么跟你分手吗？

这就好像有些女人对婚姻抱有幻想一样，总认为结了婚就万事大吉，其实不过是从这个坑跳到另一个坑罢了。

如果女人抱着这种思想结婚，男人不免觉得女人是一个大麻烦。现在有责任心的男人不是没有，而是少了，他们宁愿一个人吃饱全家不饿，凭什么跟一个女人分担她的痛苦？为什么不找个不麻烦的女人结婚？因为爱你吗？那他干吗不爱一个不那么麻烦的女人？

婚姻里考虑的不是爱情，而是责任心。如果你自己没有很好的状态，我奉劝你一句，还是别害人害己。

爱情不应掺有杂质，婚姻也一样，婚姻首先是建立在彼此相爱之上，爱对方，愿意为对方奉献，才有资格步入婚姻的殿堂。

时间会给你答案

三年足够看清一个人，时间太短不行，上班尚且有三个月试用期。闪婚闪的是勇气，像站在悬崖上闭着眼睛跳下去一样，不知道面对的是什么，只是觉得自己有能力去维持或维护这个家。“只要有决心，铁杵都能磨成针”的毅力放在婚姻里面并不合适。

相处太久会有惯性，很难分清是爱还是习惯。三年后如果还没结婚，那便分手吧，可能你根本不想跟他在一起。一段感情拖得太久，会因为惯性而在一起，少了很多激情，又觉得没必要结婚，实际上你可能在等另一个人出现。如果你跟现在这个人真有爱情，怎么会浪费彼此的时间而不给对方一个名分？

我从不认为一个人爱另一个人，会在三年之后还不给对方名分，虽然我一直标榜“你开心就好”。

同居涉及的事太多，两个人出双入对，彼此都少了很多结识异性的机会。随着年岁逝去，好男人都名草有主，再蹉跎下去，实在是对自己不负责。

我有个学姐，她跟男友大学毕业后开始同居，如今少说也有三年，一直拖着不结婚，也不分手。三年对情侣来说其实是一个关口，就好比婚姻中的七年之痒。

她说：“人很奇怪的，每一天接触的事物不同，思想也会随之变化。三年前我渴望有一个家，可是那时候条件不允许。如今条件允许了，却发现对方不是自己一辈子的伴侣，十分痛苦。如果三年前一头栽下去，顺理成章地结婚生子，今天也许就不会想太多。如今亲人们都已经把对方当成自己的一部分，而自己发现还可以选择更好的，还有其他机会，跟他没名没分，于是心就开始没有归宿感了。”

随着时间消逝，发现自己跟双方的距离也在拉大，以前没发现的问题现在都慢慢涌现出来，真是可怕。所以说，女人要想找一个情投意合又能带着自己往前跑的男人，并且一直保持这种提携者身份的男人少之又少。

感情中最恐怖的是什么？不是牵着他的手像左手拉右手，而是就连很多亲密的举动都变成例行公事，有的干脆各自躺在床的一边，同床异梦，真是够了！

我问她：“那你是打算分手了？”

她回答：“这么多年的感情摆在那里，他又没做错什么，如果我这么轻率地跟他说分手，他会不会很可怜？”

女人就是这样，明明一份感情都变成鸡肋，仍然为对方着想，有时女人的圣母病发作起来真的很要命。看样子她始终做不出有负对方的事，我只好说，或许他也在等着你跟他说分手呢。

有些男人就是这样，明明已经食之无味，又不想自己当罪人，让对方先说，这样一来他没有负罪感，也好寻找下一个。要不然呢？你真以为离开后，他就会鞋子袜子满屋飞，三餐不继？你想太多了。

就这么拖下去也不是办法，不如分开，彼此想想是否还有必要在一起。如果分开后仍然想念、仍然觉得对方最好，再在一起也不迟。

她终于跟他说了分手，每周坚持自己上下班。分手是她提出的，没必要做出一副被甩的样子，照样给家里的花瓶换花，给他留下来的金鱼换水，抽空重读英语来充实自己。自小她就喜欢画画，如今重新拿起画笔。她每次出门总会带相机，用镜头记录下生活的点点滴滴。最近她打算去一趟韩国，将未完成的事慢慢完成……

一个月过去她依然是孤身一人，而且开始习惯一个人的生活。家里没有人等待，她也乐得清静，再也不用煮好饭等他回来，对她来说也是一种享受。

只是没想到，一个月不到，他的身边已经有了新人。所以你看，你离开后，你的位置很快会有人填补上，谁会一心一意地等你回来？

三年时间已经足够长，如果不能走下去，结局便只有一个，就是彼此放手，分道扬镳，没有例外。

生活就像一潭湖水，有人扔下石子才会荡起涟漪。投入你心湖的那颗石子如果不再能激起波浪，何不换一颗？

回想当初，她常常会感慨："就算我不提出分手，他也会跟我说分手吧？只是早晚的问题。"

我笑，"那么你还纠结什么？"

她搂了搂自己的肩膀，瘦削的肩膀一如几年前，她的身材仍然保持得很好。有些人因为一个人生活，便没有顾忌，放开肚皮大吃大喝，她并没有，她比我想象的还要自律。她说："只是后悔自己做了坏人。如果开口的那个人是他，我不会觉得对他有亏欠。"

我说："我以为你早已经放下了，你与他，从分手的那天起就已经没有一丁点儿的关系。冰冻三尺，非一日之寒。谁先开口重要吗？不管开不开口，你们都已经走到那个地步，反正都要死了，谁插谁一刀又有什么关系？"

她居然扑哧一声笑了出来，"跟你聊天真好，明明是那么伤感的一件事，居然忍不住笑了。"

我拍拍她的肩膀，"我知道结束需要勇气，你已经做得很好了。既然缘分走到尽头，再挽留也是浪费时间，不是吗？"

我劝人为善，也劝人放手，只有放开手，才能拥有更多。一个人也没什么不好，一个人吃火锅、一个人出门旅行、一个人看电影又有什么关系？重要的是你开心就好。即便偶尔孤独，打发寂寞的方法也有千万种，总有一款适合你。

或许偶尔午夜梦回，始终放不下那段曾经用心经营的感情，一个人端坐漆黑的客厅时总会设想：如果当时怀孕了，有了他的孩子，结果是不是就不一样？然后看着黎明到来，习惯黑夜的眼睛逐渐适应白天，猛然想起今天还有个重要的客户要见，哪有时间悲秋伤月！赶紧起来洗个澡，换上新买的套装出门，过去的已经过去，握在手里的始终只有现在。

与其说舍不得，不如说现在正是空窗期，难免会孤枕难眠。有很多人羡慕你的单身与自由，至少你还可以重新挑选，而且单身的质量多高啊！有些人结婚生子后，才发现自己选错了人生伴侣，已经没法回头。这么一想，你心里是不是舒服多了？

婚前恐惧症

我以为随着物质的丰盛，我们的生活得到充分的满足，不会担心某些问题，比如失业或失婚，可以为自己的梦想而进发。就我身边的朋友而言，很多朋友人到中年不再为了工作而工作，可是很多单身的年轻人，日子好像越来越艰难。

就像我之前一样，他们因为年轻而对未来感到恐惧，对外有经济压力，对内有感情烦扰。一方面是社会对他们的不理解，亲人对他们逼婚，越来越多的年轻人惧怕走进婚姻，严肃地思考起婚姻问题。

我们经常会看见这句话："婚姻是爱情的坟墓。""婚姻就像一座城，城里的人想出去，外面的人想进来"已经不能概括如今的婚姻，人们思考的是为什么城里的人想出来。

陈小姐在市区买了一个公寓房，首付，供房，装修。与男朋友相恋三年，最近在筹划婚礼，明明是很开心的事，却一天到晚看见她苦着一张脸。她叹了一口气说：“你说我现在有自己的房子，又不缺男朋友，为什么非要结婚拿一纸婚书？”

我说：“你不够爱他？”

她说：“一想到什么都跟他分一半，突然觉得人生没什么意义。你说我以前那么努力，就是想回到家里有一个属于自己的地方，如今想要隐私，可能要跑出去订个房才行，你说这样的日子怎么过啊？”

我笑，“所以一些已婚男人喜欢晚上约三五知己到酒吧喝上几杯，不是酒吧的酒好喝，其实就是不想看到家里的一片狼藉，哇哇待哺的孩子，唠叨的夫人，如果跟老人家住在一起，还得被他们说几句。你说白天已经够苦了，晚上回到家还不能安静一会儿，凭什么啊？”

“你这么说，我就更不想结婚了。”

我也不是叫她不要结婚，只是让她提前看清婚姻的真相。有了家就有了责任，不管做什么事情，得考虑伴侣的感受，有了约束，比如结了婚就不能再跟异性有过于亲密的行为，这是对自己和对方负责任。这么一来，必然失去很多乐趣，所以很多人觉得没玩儿够，不想那么早结婚。其实这么想也是对的，因为自己都没玩儿够，怎么对未来许诺？没结婚有没结婚的好处，两人分手是一件十分平常的事，如果离婚，就有点儿麻烦，首先房产分割就让人身心俱疲，不死也得脱层皮。婚姻法保护婚姻中的两个人，一旦感情不和或心生异心，想得到自由身就得付出代价，比如把一半的房产给伴侣或者净身出户。

像陈小姐这样高质量的单身女子一般都不敢冒险，原因很简单，夫家有的她也有，只希望未来是因为爱而结婚。如今她又犹豫了，说明她是爱得不够。她还有一个担心，就是在没有婚前公证的情况下，自己买的房子婚后还是不是自己的。

为什么她会有这样的疑问呢？因为有朋友跟陈小姐的情况一样。她也是独立女性，婚前有一套房子。因为她与男友彼此相爱，于是决定结婚。没想到婚后男人变心，弄得她无心工作。既然感情破裂，好聚好散离婚就好，可是男人并不这么想，他想要更多。女人也知道他不再爱她了，既然这样，那就用钱去换自由，自己婚前买的那个房子留给男人，惨败收场。

陈小姐很担心步那位姑娘的后尘，我建议："不如去婚前公证吧，你把自己的财产与资金都写清楚，这样一来，哪怕婚后有什么变故都可以自保。"

她担心男友不同意，她有这样的顾虑多少都知道自己的男人是个怎样的人，所以她才忐忑不安，不想结婚。

有些人患了婚前恐惧症是害怕失去自由，有些人是真的没做好准备，还有一些人就像陈小姐，担心自己辛苦得来的东西最后到了一个跟自己毫不相干的人手上，如果女方明显比男方有钱有势，那么财产公证是很有必要的。

人生不就是那么一回事，找一个自己爱的也爱自己的人相伴一辈子，外面的世界怎么璀璨终有落幕的一刻，一家人柴米油盐逐日过才叫日子。

产后抑郁症

前几天，某微信群的群友因为一张照片展开了激烈讨论，原因是一个坐月子的妈妈抱着孩子跳楼了。

我看了也大吃一惊，这得有多大的勇气，多么绝望，才会抱着孩子从高楼跳下去啊！有人说是因为老公对她关心不够，让她看不到希望，绝望了才会跳下去。有人说产后抑郁症是一种病，跟老公没多大关系。那个说老公有问题的反驳："男人对她好点儿，她怎么会有产后抑郁症？归根到底都是男人不好。"

这一面倒的评论先不说，产后抑郁症到底是怎么一回事呢？产后抑郁症是女性精神障碍中最为常见的类型，是女性生产之后，由于性激素、社会角色及心理变化所带来的身体、情绪、心理等一系列变化。典型的产后抑郁症是产后六周内发生，可持续整个产褥期，在三至六个月自行恢复，有的会持续至幼儿上学前。产后抑郁症的发病率在百分之十五至三十，再次妊娠则有百分之二十至三十的复发率。

患者最突出的症状是持久的情绪低落，表现为阴郁、无精打采、困倦、易流泪。患者常用“郁郁寡欢”“凄凉”“沉闷”“空虚”“孤独”“与他人好像隔了一堵墙”之类的词来描述自己的心情。患者经常感到心情压抑、郁闷，常因小事大发脾气，让身边的人感到莫名其妙与压抑，甚至觉得对方不可理喻。这个时候不是多点儿包容就可以的，家人还得适当引导，甚至可能要给产妇吃一点儿抗抑郁的药。这时作为患者的丈夫要承受一定压力，并要有足够多的包容心。

在很长一段时期内，患者多数时间情绪是低落的，即使有过几天或一至两周情绪好转，但很快又陷入抑郁。尽管如此，患者抑郁程度一般并不严重，情绪反应依然存在，几句幽默解嘲的警句能使之破涕为笑；一场轻松的谈话能使她心情暂时好转。患者本人也能够觉察自己情绪上的不正常，但往往将之归咎于他人或环境。

总的来说，抑郁症是一种病，需要长时间去治疗。有些患者甚至会产生幻觉，小小的矛盾也会引发大战争，情绪的消沉可以从闷闷不乐到悲恸欲绝，自卑抑郁，甚至悲观厌世，有自杀企图或行为，部分病例有明显的焦虑和运动性激越，严重者可出现幻觉、妄想等精神病性症状。每次发作持续两周以上，长者甚或数年，多数病例有反复发作的倾向。每次发作大多数可以缓解，部分可有残留症状或转为慢性。

患有这种病的人是不自知的，但怎么开解患有这种病的人呢？其实有一段时间我也常常莫名其妙地掉泪，一言不合跟先生吵个天翻地覆，自己事后也觉得有点儿神经兮兮，一到晚上就悄悄落泪，总是一个人胡思乱想，比如如果我死了，我的孩子怎么办？她还那么小，如果我死了，我年老的双亲伤心怎么办？他们能承受得了白发人送黑发人吗？在黑暗中独自流泪，不知道什么时候睡着，然后第二天醒来觉得深夜独自饮泣的戏份有点儿过了，但就是控制不住自己。当时自己觉得黑夜让人无端恐慌，如果那时想不开，很容易一了百了。

我也会跟先生吵架，吵完后大家心情都不好，就会换衣服出去吃个饭。先生懂得哄我开心，知道我喜欢那种亮晶晶的东西，有一次吵架吵得太凶，他买了颗五十分的钻石哄我，但很多时候我也会逗自己开心。

我想说的是，一个女人要懂得让自己开心，心情不好了，本来想过一会儿再笑，可是实在笑不出来，那不如去逛逛街，看看上周看中的那条裙子是否还在，看看季末有没有促销打折的商品，可以用很低的价格买一堆自己喜欢的东西。

我有一段时间迷恋珠宝，觉得有个亮晶晶的东西戴在手指上，打字的时候一定好看。那亮晶晶的东西就是我动力的源泉，我把所有注意力都放在赚钱这件事上，至于先生在干吗，有没有空陪我已经不再重要。我适当地转移了原本对先生的注意力，也换来彼此的空间，享受着属于我一个人的时间，不被别人打扰，也不打扰别人。

一个成年人，首先要对自己负责，你所做的一切都应自己承担，而不是把责任推在对方身上，先生也是人，他也会累，他也会有情绪，吵架的时候不会说什么好话，所以，为什么不把吵架的那一段抹掉，只记得对方对自己的好呢？

我跟先生吵架的时候恨不得拿刀捅死他，因为他居然说要跟我离婚，我心想，我宁愿做寡妇都不要离婚。可是过后再想想，没必要啊，一别两宽，各生欢喜不也挺好，干吗要你死我活呢？

人在情绪低落的时候容易萌生不好的念头，如果这时找人聊聊天，哪怕是话家常也好，过了那一刻，就会觉得活着多好，可以穿漂亮的衣服。为了减肥而远离垃圾食品，不再喝带糖分的饮料、不再吃一口蛋糕很痛苦，但看着瘦下来的身材再次套上小码的衣服，还是很高兴。日子总得有个盼头，不能把重心放在男人身上，必须得工作，或者有一个兴趣爱好，哪怕每天固定喝个下午茶也觉得有期待，不求与男神擦肩而过，但总得为了满足自己的追求而每天努力进步一点点，积少成多，总有一天会实现自己的远大理想。

因爱生恨多没意思！亦舒早就说过，因为爱，才会恨。最佳的报复不是仇恨，而是打心底发出的冷淡，干吗花力气去恨一个不相干的人。

生命是宝贵的，你走了，痛的只是爱你的人。如果你的丈夫对你不好，那么更不必伤心难过，就当他是你生命中的一个过客，也只有这样，你的痛苦才会减轻。为了一个不相干的人搭上自己与孩子的性命，不值得啊，姑娘！

结婚不是两个人的事，是两个家庭的事

三星长公主李富真离个婚，对方开口就要七十亿。她的丈夫原来是总裁千金李富真家里的一个保安，他有他的能耐，让千金小姐为他不惜与父母作对，最后父母成全了他们。既然他这么有本事，自然也有本事在离婚的时候敲诈最后一笔。

穷小子娶了一个有钱的老婆，既然这个老婆不要他了，那么他就只能要更多的钱。说好的真爱都是骗人的，哪有什么穷少年奋发图强的励志故事！大多都是好吃懒做，傍上富家女后，以为这辈子就算断手断脚都无所谓的本性。

当初李富真要嫁给这个保安的时候，遭到父母的反对，为什么反对？因为父母知道门当户对这个道理，而女儿不懂这个道理，最后发生了父母最担心的事。如果这是一场赌注，那么李富真输了，并且输得一塌糊涂。

首先，父母不是见不得女儿幸福，恰恰相反，爱女心切的父母才会对婚姻大事那么上心，反应才会如此激烈。既然父母反对，你是不是也该想想父母为什么反对呢？他们是嫌弃自己选的男人不够帅，还是嫌弃他穷？如果他穷，那么通过努力可以帮助他脱贫啊。

事实证明，烂泥扶不上墙。李富真的父亲送女婿去美国读书，这小子就是年少时没有好好学习才跑去当保安的，这时要他学习还不如直接让他去死！是的，他甚至试图自杀。

既然不喜欢读书，那就给他安排一个职位吧，空降到老婆家的企业做个副总怎么样？可是一个没有能力的人，谁服他呢？更让人想不到的是，他不是想着怎么去服众，而是不断抱怨，因为在他的潜意识里，娶了一个有钱的老婆理应混吃等死，干吗要这么折腾？他想不通，想不通就得喝酒，嗯，喝了酒就有本事打老婆了……

有时候婚姻就像一场赛跑，有人奋力向前，有人却原地踏步，不断抱怨。再傻的女人也会觉得这个婚姻有问题，所以千金小姐李富真提出离婚。然而渣男同意离婚，但必须给他七十亿韩元。最终，李富真获得儿子的抚养权，而前夫获得八十六亿韩元，折合人民币五千多万。

这种故事不乏俗套。作为父母，有必要在孩子小的时候灌输一些思想，比如看人要看人品，如果他虚心好学，人品好，那么穷一点儿没关系；如果他脾气不好，交的朋友不好，并且性格有缺陷，那这种人真的是不能要。一个人可以穷，但必须要脚踏实地，阳光积极。

当父母或身边朋友极力反对的时候，先别急着与家人或朋友对抗，要想想他们到底反对的是什么。他们不会因为你的男朋友长得不帅而反对，更不会因为你即将离开他们而反对，而是真心不喜欢这个男人，甚至预测你的未来可能有婚姻危机，所以才拼了命去反对。

事出必有因，结婚不是两个人的事，是两个家庭的事，一定要三思而后行。

我有一个朋友也是这样，她的父母是开工厂的，在市中心有三栋别墅，两套公寓房，在美国也有一套房子。她是家中长女，从小养尊处优，心地善良，开着连锁美容店，偶然认识一位律师，那男人不帅，看着像是挺老实的那种。

当那男人了解她的情况后追她时——她平时比较忙，而且在认识那男人的时候，发现自己也该结婚生子——她便开门见山地说："我是想组建家庭的，如果你也是，那咱们可以结婚，如果你是玩玩儿，我是没时间陪你玩儿的。"

男人听她这么说，巴不得马上结婚，于是这个事就成了。婚后男人入赘女方家。半年后她怀孕了，这时男人便以让母亲照顾她为由，让母亲负责他们的饮食起居，然后拿出一张婚后协议书，上面清楚写着要女方承担家里一切开销，并每月给他母亲两千元作为生活费。她认为每月两千也不多，就答应了，双方在协议上签了字，按了手印。

后来男人不时问她要钱，理由是借了某朋友几万，做生意失败了，要还钱给朋友，等等。

她想着既然自己有钱，老公投资失败，况且孩子就要出生，就不跟他计较那么多。没想到她一心想着这个家，却成了老公眼里的软柿子，男人见她这么好说话，干脆就不回家了，于是变成几个月后有女人上门找她麻烦，开口说："你老公都跟我住一起了，你怎么不跟他离婚？"

这个女人隔三岔五地上门找她麻烦，同时她又要工作，心力交瘁，力不从心。她生孩子的时候，因为难产，医生说要动手术，但必须家属签字，男人死活不肯签字，等她妹妹赶到医院签字的时候，孩子全身发紫。如果她妹妹晚来一步，后果不堪设想。

到了这个时候，她才看清楚这个男人的真面目，他不光是不爱她，他简直是想让她去死啊！生完这个孩子，她从鬼门关里走了一遭，同时她的心也死了，于是提出离婚，男人说："可以啊，离婚后房子归我，车子归我，孩子我不要，你还得补偿我现金。"

她去打官司，拿出婚后签的那张协议书，结果法院那边说这张协议书没有到公证处公证，法律是不承认的。最后她为了过安宁的生活，把房子、车子，还有若干现金给了那个渣男。

我上文提到她的前夫是律师，因为他懂法律，知道很多事不构成犯罪行为，忽悠她，比如那张婚后协议书，他心里明白这种没有公证的协议根本就是废纸一张。

我的朋友成了单亲妈妈，她对我说："入世未深很容易相信别人的话，现在我知道，结婚一定要慎重，一定要认真考察对方。"

做父母的责任，大概就是在女儿面临选择的时候适当提出一些中肯的意见或建议，而为人子女者，不要轻易相信男人的花言巧语。

最让人难过的莫过于自己富养半辈子的宝贝女儿，被一个男人用几句甜言蜜语骗走了，而女儿还把自己当仇人。

父母不会狠心将自己的孩子往火坑里推，所以姑娘们啊，长点儿心吧。

父母永远是孩子的榜样

有一户人家生了个孩子，全家人都很高兴，孩子一笑，恨不得告诉全世界，孩子会叫爸爸妈妈，又恨不得向全世界宣告，总之，大人都围着孩子转。转眼间孩子长大了，他调皮，大人说可爱；他闹事，大人替他收拾残局。直到他闯祸了，谁也救不了他，他被关进派出所。

为什么会这样？因为从小到大没人教他什么是对、什么是错，什么是可为、什么是不可为。大人悔不当初，如果当时好好教他，以他小时候的聪明劲儿，指不定他会成为一个人才，如今他的大半辈子被父母断送了。这个故事告诉我们：孩子本来是一张白纸，你在这张白纸上怎么描画那是你的事，但你什么都不做，到最后什么都由着他来，他很可能自断前程。

老胡喜欢跑步，有时我也会抱着电脑在球场边陪他，发现跑道上很多小孩子与家长在上面玩儿。当时正是运动时间，有很多跑步的人。我看见不少孩子在上面玩耍，甚至逆行，忍不住叫住他们，微笑着说："小朋友，你们知道在跑道上玩耍是很不好的吗？那些哥哥姐姐都在跑步，如果他们来不及停下就会撞到你们！我们不要在跑道上玩儿好吗？这边有个大草地，在跑道边上的草地玩儿也是很好的，对不对？"

小朋友听了都表示赞同，然而他们的家长不乐意了，其中一个家长一脸敌意地看着我，对我说："你不知道草地那边很多虫子吗？你是存心的？不是你家的孩子，不懂得心疼是吧？哪有你这样教孩子的，我们在这儿走得好好的，碍谁惹谁了？这么长一条跑道还不让人走在上面了？"

我跟她解释跑道是用来跑步的，平时人少就算了，今天人特别多，如果撞到孩子怎么办。

那女人不服气地抿了一下嘴，又说："就算是这样，那么大的人会撞上孩子吗？"

这变成无理取闹了，我耐着性子说："凡事都有意外，万一撞上就不好了，为什么不避免意外发生呢？如果真撞上了孩子，那怎么办？"

她冷哼一声，"那就让他们赔医药费。"

我忍不住抢白："可这样孩子也遭罪啊，何不……"

她见我抢白更不服输，连忙提高声音说："哎，我说又不是你家的孩子，你操这心干吗？"

我见她急了，反而心平气和地对她说："因为我老公在跑道上跑步，我不想到最后是我们赔医药费，所以善意提醒。再说，孩子也都挺懂事的，都答应到草地上玩儿了。如果你觉得草地那边虫子多，我带了驱蚊液，可以给孩子们喷洒一点儿驱蚊虫。”

她还是不乐意，执意让孩子们在跑道上玩儿，我只好放狠话：“首先，我认为这是公德心的问题。其次，小孩子不懂事也就算了，你一个大人干吗这么倔呢？为了一时之气给孩子们树立一个坏榜样，你愧做人母。我是一个讲理的人，我看你也是，可能我刚才哪句话让你不痛快了。其实遇到这样的事，我可能也会跟你一样，觉得别人在多管闲事，但站在孩子的角度看，恰恰这是教育孩子的一个好机会。谁都不是一遇到问题就寻找最好的解决办法，但至少听取旁人的意见，虚心接受才是关键，你说是不是？”

对方仍然不服，但明显觉得我说的话有理，拎着自己的孩子往草场走去，另一边，我看见胡先生对我竖起了大拇指。

很多大人不知道，当着孩子吵架，当着孩子做一些不好的习惯，这些都会被孩子看见，孩子的模仿能力是很强的，他会学习你的表情神态。

还有一点就是，孩子不知道对与错，比如他不知道在跑道上是不能逆行与玩耍的，如果大人不告诉他，那么他可能很久以后才知道原来跑道只是用来跑步的，就好像球场是用来打球或踢球的，而不是用来跳广场舞一样。

道理浅显易懂，但作为孩子的领路人，很多问题都是原则与底线的问题，如果一味纵容孩子，只会将孩子推入深渊，让他再也回不了头。

父母温文尔雅，孩子也会彬彬有礼。每个家庭教出来的孩子都不一样，所以需要父母给孩子树立一个好榜样。有的孩子有教养，而有些孩子被父母忽视，又或者父母本身做得不够好，所以孩子也逐渐沾染不良习惯，最后变成熊孩子。

每个人的生活方式不同，生活观念也不同，做法自然也不同，但基本的知识、道德观与原则还是应该要有的。取长补短，忠言逆耳，谦虚使人进步，都是做人的一些道理。这世上，三人行，必有我师，他们会告诉你一些做人的道理，让你变成一个更睿智的人，就看你怎么学习了。

跟谁结婚都会有问题

有没有一瞬间想结束单身生活？

生活压力大，想要有人分担，于是想找个人结婚。

年纪大了，喝醉后发现家里空无一人，突然想结婚。

父母年纪大了，想抱孙子，于是想结婚。

乔子说，情人节那天，她收到男朋友在两个月前定制的钻石项链——那是一条独一无二的项链，必须提前定制，刻上彼此的名字——那一刻突然产生了结婚的念头，不是钻石有多贵重，而是那份心思让她觉得自己觅得良人。

晓玲跟老公谈恋爱的时候也是这样，有一次赶项目，好几个晚上写方案写到凌晨，一周后她病了，她老公拿着白粥与药出现在她楼下。这也许不算什么，照顾女朋友是分内的事，但有一次晓玲的父亲中风入院，需要一种特效药，当时各大药店都没有，还是她老公托关系，打了好几十个电话，硬生生在国内找到，晓玲的爸爸吃了那种药后居然可以下床走路。后来晓玲问他，他也只是轻描淡写地说："这有啥！最重要的是你爸吃了身体好。"

晓玲知道男友心里有她才会这么做，这么走心的男人不嫁就亏了，于是他们俩结了婚。直到现在，晓玲都没有受一点点委屈，她老公总能先她一步想她所想，从不跟她计较，她遇到什么事，他总是想办法去解决，我想这就叫作爱吧。

这种爱总是透露出一个男人心中的爱意，不是索取，而是心甘情愿奉献，是百般忍耐，也是恒久包容；不是证明而是觉得那是自己分内的事，应该去做。

我认识的一对夫妻可不是这样，女人有自己的事业，男人也有，当然，男人工作赚钱养家似乎是天经地义的事，然而光是这样就想邀功的男人也很多，小美的老公就是这样。谈恋爱的时候，他为了赢得小美的好感刻意做一些事，让小美感激。小美错误地以为他是真心实意爱自己，却没想到这种爱只是想让小美对他感恩戴德，继而以身相许。

婚后没多久，小美就看到老公对家务事不感兴趣，从小被父母捧在手心长大的小美对家务事也一窍不通，只好打电话请教朋友，朋友对她说报个厨艺班吧，学几道家常菜，至于刷碗煲开水这种不教也知道怎么做，关键是看谁来做。

小美的老公饿了，会对她说："我饿了。"地板脏了，他会对她说："你怎么不拖一下地？"一开始小美非常不习惯，她觉得这个家是两个人的，凭什么让她一个人做家务啊！后来朋友开导她，朋友说："你一个人住，垃圾满了也要倒，地脏了也要拖，这个跟与谁住没关系，多做一点儿心情都好，再说他也不是故意把家里弄脏的，所以别太计较。做饭是乐趣也是兴趣，你心情好就做，毕竟他不在你也是要吃饭的对不对？多做一个人的饭而已，单身久了，才会珍惜有人陪吃晚餐。"

一番话让小美茅塞顿开，从此小美再也不跟老公计较了，只要他下班准时回家吃饭，不给她添麻烦，发了工资交她，她也乐意花点儿时间做这些事。

好不容易老公陪她出去吃个饭，拿到餐牌的时候就说太贵，小美没好气地说："现在物价都涨了，要不然哪能为了省钱天天在家里煮，你以为我闲的啊？再说你都多久没出来走走了？你不知道当家不容易吗？"

她老公赔着笑脸说："现在什么都涨了，唯独工资没涨啊。"

有人说好的婚姻是多了个爸爸，不好的婚姻是多了个儿子。很多时候小美觉得自己多了一个儿子，但小美随即明白被人照顾固然幸福，照顾别人也不赖啊，总不能夫妻之间斤斤计较吧。心里不平衡可以适当自我调节，至少想想他的好处，比如每个月准时上交工资，这一点很多男人都是做不到的。

我一同学，老公负责管家，每个月除了供房之外啥钱都不出，还美其名曰："我在供房，要不我负责生活费，你来供房。"请她吃顿饭都要说半天，给她买个礼物吧又要说半天，吵架的时候总把离婚挂在嘴边，他就是看中同学工资不高人又老实，不敢跟他离婚。

她跟我哭诉："这日子过够了，真扎心。"

我说："那就离，看他怎么说。"

这时她不敢相信地看着我，"真离？"

我笑，"放心吧，一个中年男人，不懂情趣，不会说话，赚得也不多，估计再找也不会比你更好，你就放胆去说离。他不是看准你不敢离吗？你干脆破罐子破摔，最坏的结局也比现在好。"

她回去真跟老公说了，老公见她动了真格，反而再也不敢提离婚。有些男人就是这样，以为凌驾在女人身上就称王了，不能让他嚣张下去，必须告诉他："没有你，我也会活得好好的，你要再这么对我，我可就对你不客气了。"

很多人都有类似的经历，跟你在一起的时候百般讨好，婚后万般无赖，看准你离开他活不下去，你偏要告诉他，没他，你也会好好的，这下他就安分了。

婚姻不外乎你敬我一尺，我敬你一丈，你对我好点，我对你更好。如果婚姻掺杂谎言与欺压，那么这种婚姻生活不要也罢。

我有个朋友说过一句十分经典的话，她说："跟谁结婚都会有问题。"

是的，有些人婚前是花花公子，但婚后稳定下来。没什么对的人，只有懂得珍惜的人。如果他珍惜你，知道婚姻不易，自然懂得让步、包容、爱护，而不是在发生利益冲突的时候首先考虑他自己。

婚姻没有排练，没有演习，只有实操。如果一个人在默默满足你的需要，他付出很多却绝口不提，从不抱怨，从不邀功，只是一心一意想着为你分担，一切以家庭为出发点，他甚至不想你内疚、有压力，希望你快乐，那么这个人是爱你的。

婚姻是什么？去爱就明白了。

第五章

爱情里，包容有多重要

爱情里，包容有多重要

亦舒说过，爱是恒久忍耐。看到这句话的时候，我还处在一个懵懂的年纪，但我记住了这句话。我觉得两个人在一起，因为爱，所以忍耐，这不难理解。

如今我的婚姻常常处在崩溃边缘，每次跟老胡吵得不可开交的时候总会深呼一口气，心想，老公是我选的，然后耳边响起亦舒这句话。

是的，只有不相爱的人才会不顾及对方的感受。我明明是爱他的，那为什么不让让他呢？跟他吵赢了却失去他，我宁愿输。

有句话说："首先道歉的人不是他错了，而是他更懂得珍惜。"

一开始的忍耐是挺让人难受，总觉得憋屈，长这么大都是一个讲理的人，凭什么他错了我还要让着他？可是后来忍无可忍，那怎么办？

有一次我们俩吵得不可开交，他认为我不可理喻，我觉得他像牛一样不听使唤，于是找朋友聊天释放负能量，朋友以局外人的身份说："你要的是家全万福还是家破人散？"

这个问题显而易见，我当然是希望家全万福啊。

朋友说："那不就得了吗？他是一个怎样的人，你心里没谱吗？你认为是错的，在他眼里是对的，所以你跟他吵、跟他斗有用吗？没有一点儿用。你是想让他少走弯路，可是他不听那有什么办法？只有让他栽跟斗，这个跟斗就是你口里所谓的经验，这些经验会给他上这人生的一课，所以无关生死的事，你跟他有什么好吵的！"

她这么一说，我豁然开朗，是啊，他要撞南墙，我有什么办法！

冯大导演说过一个段子，老头老太太的金婚宴，席间有晚辈问老头："您和老阿姨风风雨雨五十年，不离不弃，有什么秘诀可以和我们年轻人分享？"老头举起一个指头，说："一个字，忍。"忽闻身边的老太太以掌击案，"不对！是四个字。"晚辈问："哪四个字？"老太太斩钉截铁道："一忍再忍。"

由此可见，长久的婚姻只有爱是不行的，得学会忍，俗称包容。

忍无可忍从头再忍，婚姻就是这么简单，要不然还真离了不成？在对方还没犯更大的错之前，忍字值千金啊。

我曾喜欢过一个男生，他很出色，家里有钱，却从不炫耀，可以说是自成一格的富家公子。我喜欢他，也不是因为他家里有钱，是因为他有能力让自己很有钱。

他喜欢篮球与户外，觉得女生留长发最好看，我为了他特意把齐肩的头发留长，然后套上牛仔裤与球鞋跟他玩户外，其实我最喜欢穿的是裙子。

后来他注意到我，甚至觉得我洒脱出俗。但我为了迎合他，已经好久没穿过裙子，每次洗头把长发吹干的时候总有一种想死的心，我觉得他喜欢的女神离我好远好远，长发飘飘的样子根本不是我，我费尽心思折腾到最后是他口中塑造的我，根本不是真正的我。

是的，不可否认，他很优秀，可是相处下来发现他也不过是个人，摔跤了会疼，难过了心情不好。渐渐地，我迷失了自己，慢慢地从心累到身累。我喜欢他，可是不再喜欢与他相处的模式，他总是一句话就让我彻头彻尾地审视自己，他甚至没有发现我的优点，于是我慢慢疏远了他。

后来与朋友聊起这段感情，朋友说："那你是爱得不够，爱可以让人迷失自己，也会让对方审视自己，但不会为了对方而去改变自己。"

我恍然大悟，"是啊，少了一些心甘情愿，多了一丝抱怨，那都不是爱。爱情里最伟大的就是无论对方做什么，说什么，哪怕自己最不屑也可以忍耐，因为爱，所以觉得应分。"

这个世界从来没有势均力敌的爱情，都是我看见你的不足，但我包容了你的缺点。每个人都有缺点，每个人都有脆弱的时候，你有你的难过与不堪，可是没关系，只要我们在一起的时候能够坦诚相对，爱对方的一切，包括好与不好，那么便不会计较付出与收获。

在一起的人不会觉得你哪里不好看，而是努力发现你的闪光点。爱情从来就没有一种固定模式，不会觉得你长发好看还是短发好看，是穿裙子好看还是穿裤子好看，他喜欢的便是你的全部。

因为我爱你，无论是可爱的你、活泼的你、不可理喻的你、假装坚强的你，照单全收。最好的爱情大概就是你在我很安心，你不在我想念，但又不彼此束缚，不缠绕，不给对方添麻烦，更不是占有，而是我们两个人站在一起，看到对方的不足仍然加倍珍惜。

香槟玫瑰固然浪漫，誓言又总是那么令人期待与向往，但在这寂寞的人间，不外乎就是我逛我的掌上超市，你打你的游戏，我们可以偶尔抬头相视，也可以为某件事吵得不可开交，最后又能相依在一起看个电视剧。

成年人的爱情早已不是你在闹我在笑，它必须更深一层展现出宽容与大度的魅力。在这善变的世界里没有童话，只有打从心底的心疼与谅解。

朋友才会对你说心里话

朋友是什么？是那个你结婚了，她瞬间像失恋了的女子；是那个想你所想，做你所做的女人；是那个你深夜不回家，二话不说出门去接你的女人；是那个你喝醉了，搂着你心疼不已，等你酒醒后跟你说："下次有心事对我说啊，喝酒伤身，记得不要了。"

她声声细语，生怕惊动了你。她在你有心事的时候侧耳倾听，给出最中肯的意见，但所有的意见都是站在你的立场去想的，总之一句话，她是为了你好，却又不干预你的生活，保持适当的距离，在你有需要的时候出现在你身边。

A 小姐喜欢在朋友圈里发一些孤单、寂寞的信息，不外乎就是老公宁愿打麻将都不陪她，要不就是老公打麻将赢了把钱给她，她迅速去买了一条裙子。

嗯，A 小姐今天又跟老公吵架了，一言不合甩门离家出走，回来家里冷冷清清的，连杯开水都没有，老公又出门打麻将，于是她把门反锁，老公进不了家开始踢门，弄得左邻右舍都出来看热闹。

诸如此类的事情经常发生，一开始 A 会打电话对他的父母讲，后来知道远水救不了近火，他的父母年纪大了，也管不了孩子，于是她向他们的共同好友求助，一开始朋友都劝她："忍忍吧，哪对夫妻不吵架啊！"后来他们都不大接她的电话，接了也是听着，从不给她一点儿中肯的意见，但 A 迟钝，没听出来，以为对方偶尔的几句"好好过"是真心的。

直到有一天，A 从别的朋友口中知道原来自己一直视为好友的女人说她没气度，没有包容心，一点儿小事都发在朋友圈，像家里死了人一样。

A 小姐顿时大惊失色，原来自己在朋友眼里是一个这样的人！她以为朋友圈里的都是朋友，所以才坦诚相告，没想到多有打扰，她忐忑不安，问我怎么办。

我说："有些人总爱说某某就很好，你怎么不学学人家，百忍成金。你啊，还是年轻气盛，不知好歹，有什么事直来直去，吃亏的到底是你自己。然而她并不知道，爆发前你忍了多少回，忍得有多辛苦，你知道再忍下去就会有内伤，所以何必再忍？"

A 很难过，因为她是真的把那朋友当知己，却没想到变成好友眼里的笑话，她说："我不期望好友感同身受，但站在朋友的角度是不是不应该落井下石？还有，她难道不知道别人对她说的事不能随意跟第三个人说吗？”

我笑了，“这点儿道德都没有，根本不配做你的朋友，好吧！难道她不痛快还不能发泄吗？发朋友圈又怎么了？跟她说出真相一点儿都不丢脸吧？你不爱听，可以直接说以后这种事不要对我说，你们俩的事自己解决不就完了吗？但凡有点儿血气的人都不应该马后炮，评论别人没气度，还不如干脆来一个道不同不相为谋，不就完了，至于这么多事吗？你不喜欢看她的朋友圈，你干脆屏蔽不好吗？干吗要自己堵心？”

所以我始终喜欢性格直爽的人，有话直说，一是一，二是二，不拖欠，不打扰，不猜测，如此才活得不累。

A 终于释怀了，她对我说：“现在最后悔的是跟她说了我们夫妻不和的事，你说我日后再秀恩爱，她会信吗？”

我给了她两个建议：

一是把所谓的好友干脆拉黑，对面相逢应不识，尘满面，鬓如霜，从此老死不相往来。

二是把所谓的好友屏蔽，从此你的生活跟她一毛钱关系都没有，想看热闹？等下辈子吧。

所谓的夫妻是百忍成钢，所谓的好友是我知道你最脆弱的地方，但我为了保护你而忘了自己最脆弱的地方。还好，我有这样的朋友值得深交一辈子，因为值得，所以更加珍惜，比如我在朋友圈里发了一条失业信息，简这个傻瓜就来电话说有一份工作，问我要不要做，试问这样的闺密哪里找？

我喜欢，我高兴，我愿意让全世界都知道，我伤心，我难过，凭什么要躲起来独自舔伤口？我喜欢从不假装的人，因为只有这样，才会活得快乐。人生苦短，我自然不是来教你怎么做人的，只是有人嫌弃你，你不应该反省自己有罪，而是跳起来大喊："怎么交了这么一个不知所谓的朋友！"所以，这种不懂你的朋友，试问你还要留着过年吗？

你要的是尊重还是奉承？

最近某剧有米其林餐厅大厨被沙县小吃打败的剧情，赤裸裸地讽刺了那些装模作样的人。记得某作家也曾写过米其林餐厅，实在不敢恭维。

朋友圈里不乏晒方向盘的、晒香水的、晒房子的、晒口红的、晒男友的，事实真的是这样吗？不是有句话说财不可露眼，真那么有钱会晒出来吗？不怕贼惦记啊？

单纯的你真的相信她们晒的东西吗？她们伤心了，哭成狗的时候不会告诉你。她们的朋友圈里永远高大上，那是一种用心粉饰过的空间，就好像拍照一样，前面九张都不能放出来，只有后面那张修饰过的放出来让你看，你看见照片大呼太漂亮了。当然，眼睛修大了，皮肤白嫩了，就连脸都瘦了，这张照片跟她十分神似，却比她漂亮，就像她的朋友圈一样。

我也曾活在象牙塔里，只要别人稍微对我好一点儿，我就好像欠人家，结果搞得自己好累，而且觉得这种亏欠不知道什么时候还得清。

我有个朋友的性格跟我一样，不过她比我更糟糕，因为她是死要面子活受罪的典范。

她是公司老总，经不住朋友推荐，招了一个人，结果发现这个人不太合适，怎么办呢？朋友介绍来的，只好留下来打磨。她跟员工也达成默契，只要不是傻的，总会熟能生巧。有一天，这个对她卑躬屈膝的小伙子开口说预支工资，她问多少钱，他说："母亲生病进医院了，老婆也快生了，需要十万。"

看在他平时给她开车门，下楼拿包，早上给她带早点，还替她泡玫瑰花茶的分儿上，她二话不说给他支了十万工资。

但那员工并没有更努力工作，反而在工作上频频出错，发了工资也没说还钱。就这样过了大半年，她终于忍不住问他："伯母好了吗？你媳妇生了个男孩还是女孩？"

他支支吾吾，后来才说出真相，原来他拿十万块钱在家里盖了房子，他妈妈根本没得什么病，而他媳妇与他分居两地，哪能说怀孕就怀孕。

自知理亏的他干脆心一横，干了一票大的，把公司的客户都带走了，还拿了公司不少回扣。这时我朋友才知道自己看错了人，白白损失一堆客户与借出去的十万元。

如果我不是她的朋友，光从她的朋友圈是看不到这些的，她怎么肯把自己栽的跟头说出来让别人笑话。

我问她：“为什么你这么放心把钱借给他？”

她说：“那时他态度很好，真的把我当女王一样，我喜欢吃什么，喷什么香水，喜欢什么颜色，穿多大码的衣服他都知道，比我老公还贴心，我想这么一个人应该不会坏到哪里，最起码他细心啊！而且他确实给公司带来了业绩，所以就想他会安心工作，没想到他骗我。”

我记得前老板陈小姐也曾遇到过这样的事，底下的员工向她预支工资，她说预支一两个月可以，超过三个月不行，为什么？因为她知道员工的工资是多少，所以她会问：“你拿什么来还？”

《我的前半生》里贺涵说：“你是来工作的，不是来交朋友的。”

反过来也可以变成：“你是招员工过来工作的，不是来救济人的，跟员工谈工作、谈人生都可以，但千万别谈感情，伤钱。”

人心隔肚皮，你永远不知道他心里想的是什么。亦舒也曾说过，最黑暗的是人心。

而时间却是个好东西，它能让你看清这个人到底是一个怎样的人。

就像上面那个故事一样，极力讨好你，必定有所求。因为你受了别人的恩惠，你念着他往日的旧情，所以你无法推辞。他早就知道你是这样的人，所以才胸有成竹。你却贪一时之享受，中了别人的圈套，只怪往日沉迷赚钱，忽略了游戏规则。

而我的香港老板陈小姐却不会这样，她凡事亲力亲为，从不允许员工给她开车门，与员工坐在一张桌子上吃饭，大家吃什么她也吃什么，进出电梯从不互让，不娇惯员工，也不被员工娇宠，明白员工是为自己做事，而自己又为员工付薪酬，合情合理，所以不拖不欠。

最重要的是，她明白职场的游戏规则，不是不帮，而是没有理由去帮，又或者不知道真相之前不会轻易帮忙。

这些年我见过太多因钱失义的事，但凡有能力，谁肯轻易接受别人的施舍？不是面子问题，而是规矩与底线的问题。

我喜欢你有话直说又懂分寸

很多年前，我在上海认识了一个叫小夕的姑娘，她让我记住的不光是她的美丽，还有她那直来直去的性格。

记得那天公司搬家，我拿着老板的电脑包往楼上走，看见小夕在楼下的转角处打电话，声音很小，但恰好被路过的我听见了，我听见她说："五百也好，我今天连晚饭都没着落，等一下我就把账号发你，谢谢你啊！"

一听就是那种刚毕业的大学生，拿着不足两千的底薪混迹上海，又要交房租又要生活，挺不容易的孩子。这种孩子都有一个闪光点，就是出来工作后宁愿问朋友借钱也从不问家里拿钱，他们懂事、乐观，有恩必报。

一下午过去了，小夕皱着的眉头都没松过。我那时是总经理助理，建议大伙儿搬完后好好出去吃一顿，累了一天都不容易，总经理当然赞成，并说这一顿就由公司来请。

我朝小夕看去，刚好她也看过来，电光火石间她瞬间明白，是的，我听见她讲电话，她也看见我从那里走过，她感激地点点头。

我知道只解决了她的一顿晚饭，并没有解决她的问题。饭后我借机出去走走，问她是否愿意陪我，她点头，与我并肩走了出去。

到了外面她微笑着问："欢欢姐，你是不是有话要跟我说？"

不得不说，现在的孩子都很懂事，恰到好处的体贴，不多的话语，什么话该说，什么话不该说全都知道，我说："那我就不绕弯子了，你是不是手头紧？我可以帮你。"

她忽然红了眼圈，她说："谢谢你，欢欢姐！其实，今天我打的那个电话是有把握的。他追我的时候说，只要我有困难就会帮忙。我问他借五百，他说给我一千，担心我不够。可是现在他的电话打不通，钱也没到账，信息也没回我，我……"

我连忙打开包，五百全都给了她，"用一件事看清一个人，你挺幸运的。如果日后结婚生子再看清他是一个这样的人，那才叫人伤心难过呢。"

被我这么一说，小夕瞬间释怀了。

有些人就是这样，一句话就把自己以往的形象破坏掉，一件事就让自己陷入万劫不复之地。很多人平时做得挺好，关键时候就露出本来面目。

我也曾遇到过这样的事，我们本来是好朋友，经常聊天，我于她，没有秘密，但她呢，几乎都是在听，很少说。本来这也没什么，我视她如知己，才对她知无不言。后来我知道这是不对的，因为一个人知道了你太多的秘密，她就可以拿这些秘密来伤害你。

终于有一天她爆发了，爆发的原因大概是大家三观不合。我忘了三观不合的人可以闲聊，却不能交心，交心则友尽。她说："你知道你有时候发的朋友圈让人觉得很幼稚吗？你都这么大一个人了，学会控制自己的情绪不行吗？什么正能量负能量、开心不开心的东西都发朋友圈，我是你朋友，你有考虑过我的感受吗？"

我这个人心无城府，开心我愿意跟朋友分享，不开心我也喜欢发个朋友圈发泄一下，有些事说出来就舒服多了。朋友圈就是我的树洞，我不开心就会跟树洞说说，谁还规定自己的朋友圈不能说心事了？

上个月朋友去吃饭，出来的时候电瓶车被偷了；前几天有朋友跟上司意见不合，一怒之下辞职，自己开创公司；谁谁谁结婚了，谁谁谁又恢复单身了……朋友圈能及时更新一些人的状况与信息，哪怕是感情的信息，我们也可以通过朋友圈去了解这个人。

之前我写过一篇文章《粉饰过的朋友圈谁会看》，里面说的也是大同小异，没有人会喜欢一个修饰过的朋友圈，同样，也没有人喜欢一个修饰过不真实的人，因为真实，所以安心，没有隐瞒，更值得深交。

你不喜欢看我发的朋友圈，那你屏蔽我好啦，干吗要说出来？有些话一旦说出来就收不回去，这样一来就做不成朋友。我跟曾经的好朋友最终成了陌生人，后来我有什么事再也不会第一时间告诉她。按照她说的，她早就厌倦了听我那些小故事，这样也好，不想听就说出来，但我有我的风格，我也不可能为了她一个人而不发朋友圈，自然也就不能迁就、包容她。

有人说，只有亲近的人才会说话那么难听，忠言逆耳。其实不是的，忠言不一定要逆耳，可以换一种让人听了舒服一点儿的说话方式，别人听了也容易接受，毕竟不是对你说狠话的才叫对你好。我只能说不懂尊重别人的人，也不配得到别人的尊重，真实的朋友不会狠狠甩你一巴掌再给你一颗糖，而是会真切诚恳地告诉你，你哪里错了，下次不要再犯。

朋友也好，爱人也好，说话直一点儿没关系，但千万要懂得分寸，什么话该说，什么话不该说，心里得有个底。再好的朋友也会因为一两句话谈不拢而分道扬镳，从此老死不相往来，其实往回想想，何必呢？到头来失了人心，又破坏了以往的感情，不如一直都以真面目示人，也好让别人有个心理准备。你是一个怎样的人，难道别人还看不出来吗？

待朋友没别的，就是得够真、够诚。朋友有难，理应两肋插刀。既然是朋友，必须包容他所做的一切，哪怕他做得不对，你应该只对人，不对事。平日里那些假装出手大方、假惺惺关心别人的人真的可以省点儿力气了，大家都很忙，没空应对你的虚情假意。

老公的手机该不该翻？

冯导之前在微博发了一段话，表达了自己对老婆看老公手机的一些看法，他认为无论出于什么目的，夫妻间强行要看对方手机的做法都是要不得的，有害无益。

刚好最近追的一部电视剧《人间至味是清欢》里有这样一个故事情节，丁人间看见前妻的现任老公与另一个女人搂搂抱抱，决定告诉前妻她现在的老公是一个怎样的人，这时安清欢自告奋勇地说这事让她来处理，于是她跟了丁人间前妻老公一晚上，终于拍了一些照片，把手机放在丁人间前妻面前说："你如果信任你老公，那就不要看这部手机里的照片。"

丁人间前妻林月十分冷静地把手机还给她，说了一句："我相信我老公。"

安清欢与我一样，觉得十分不可思议，为什么要掩耳盗铃，明明自己的老公已经出轨，干吗还要自己骗自己？林月最后说了一句："你还是太年轻了。"

安清欢回到家看见丁人间的时候，丁人间说："我想过了，林月不知道这事也挺好的，至少她活得开心啊。"

聪明人的做法大概就是知而不言，林月要的是奢华安定的日子，现任丈夫唐小刚可以给她好的物质生活，而不是生病了还想着哪种治疗方案省钱，想送儿子到一所好学校上学都要考虑再三。她十分清楚自己跟唐小刚撕破脸会怎样，所以她选择了忍耐，不是因为有多爱，而是已经不爱了。

现实当然不是演戏，电视剧再合情合理都是演出来的，我们做不到对着一个人心里冷笑同时又笑脸迎人，我们能做到的大概只有爱自己多一点儿，明知道翻看对方的手机会受伤，为什么要去做呢？

话又说回来，其实冯导这番话是没错的，如今男人的手机确实是不能看，自己找麻烦，堵心，还有碍婚姻和谐发展，他说："所以两口子不能较真儿，糊涂点儿就白头到老了。最大的原则就是家庭的安定团结，真相没有那么重要。"我是十分认同的，夫妻双方要有足够的个人空间和隐私。

之前不是有一个帖子，说老公不回家，每月给十一万家用，底下很多跟帖的都亮了，有人说："只要老公不回家，给一万家用也行。"还有一些说："只要老公不回家，给不给家用都可以。"

看看，新一代的女性有多讨厌自己的老公！不就是因为老公一下班回家什么事都不干，脱了鞋就坐在沙发上打游戏。结婚前有老妈伺候，结婚后有老婆伺候，他呢，十指不沾阳春水，不煮饭，吃完饭碗一推又去打游戏，从不带娃，这一类老公，你巴不得他有多远滚多远。

时代变了，冯爷又说了大实话，自然就招各种黑。人们总以为现代社会文明，得有一套新的婚姻观，比如老公的手机哪怕上锁，自己也得有一把钥匙开锁查岗，但我得说一句，就是老公既然让你查手机，自然就不会让你查到什么信息。所谓道高一尺，魔高一丈。

其实最好的婚姻生活是尊重彼此，给对方留有余地。每个人都有隐私，只要本分，那么真的不用太计较，哪怕婚姻无法维系，也要好聚好散。不苟且、不拖累、不麻烦已经成了新一代人的生活观，干吗要给自己添堵，让自己难受呢？

冯小刚的微博一出，自然有很多大号争相去写，那些以道德自居的作者往往把人推进两难的境地，比如到底老公的手机查还是不查。

这还真是一个问题，有个作者说不肯给伴侣看手机的多半是有问题，他还举了一个例子：有个朋友的老公从不让妻子碰他的手机，而她认为每个人都应该有自己的隐私，所以也没有去查，有一天两部手机放在一起，她本来是去拿自己的手机，没想到她老公却以为是拿他的，一下子推开了她的手，这时第六感告诉她，她的老公有问题。

如果你老公真有问题，查出来到底翻不翻脸？聪明的女人都知道不想过了，根本不用查手机，直接了断，如果还想好好过下去，查他干吗？干吗给自己找不痛快。

《人间至味是清欢》的林月知道自己想要什么，她可以得到什么，所以她选择了相信。

其实，很多男人都是有贼心没贼胆，逢场作戏，死要面子活受罪，用撩妹来证明自己宝刀未老。如果男人真有问题，你反而查不出来，因为他早在进家门的时候已经把证据销毁，能让你查出来的，都是一些破罐子破摔，早就想跟你一拍两散的。

有人说他的手机让你随便翻，他的银行卡密码告诉你，什么话都跟你说，这才是安全感。我却认为安全感真的不是建立在别人身上的，他乖乖地做好自己，并没有犯男人都会犯的错，又守着婚姻规则，已经很不错了，其余的还得靠自己，有一份不错的工作，保证每个月都有收入并有存款，吃得下饭，睡得着觉，出门手机充满电，有钥匙可以回家，车子满油，卡里有钱，那才有安全感。

那些家里红旗不倒，外面彩旗飘飘的，大不了换一个好了！每个人都有底线，女人要告诉男人："你可以不让我翻你的手机，但你要尽到家庭责任，夫妻义务要尽到。如果你有异心，那么你最好有能力骗我一辈子，否则我会让你所有的幻想都变成幻觉。"

对男人没别的，不能对他过于隐忍，也不能看得太清，如果不小心知道了真相，那么这段婚姻也就终止了，因为再也没有理由骗自己。活了大半辈子的冯爷早就把生活的真相告诉了你。成熟又聪明的女人都会相信自己的老公，她们有原则有底线，并且不会轻易触碰对方的底线，也不会轻易惹自己不痛快。

女人最好的奢侈品永远是独立

我家里有一个玻璃花瓶，永远插着长得枝叶繁茂的富贵竹——一种十分耐长的植物，能在我出差一周还活得好好的植物。

朋友来我家后，也在家养了起来，但不久就向我求救：“你是怎么把它们养得那么好的？我把它养死了！”

我说：“这种东西喜欢水，瓶子要够深，装的水要够多，并且三五天就得换一次水，还有，如果叶子发黄就要剪掉，长太高也要剪掉，根叶分开养，瓶子的水浅了要适当加点儿水，总之最好放在自己可以看得见的地方，以免把它遗忘。”

朋友笑，“你真有耐心。”

因为喜欢，所以在乎，对人对物也一样，我只是想给自己留一点儿时间，不想让忙碌占领我的一切。我知道这个城市冰火相融，而我，不想做一个冷漠又苍白的人。

小蕊问我："结婚幸福吗？"我说："大部分时间都是我忙我的，先生有自己的事业，一般没多少时间搭理我，我得学会独处。有时吵架，我一言不合拿起钥匙就往外面走，不是逃避，就是想一个人静静。晚上大家躺在一张床上，当他的手臂掠过我的颈后，轻轻拥着我，在寒夜中替我盖上滑落的被子，那种幸福感是非笔墨可形容的，是不是很神奇？白天哪怕吵着要离婚，晚上都能相拥而眠，这大概就是所谓的幸福夫妻吧。"

我们的轨迹永远都是圆的，白天像两列背道而驰的列车，晚上回到这个家，作为有责任的成年人，这是我们所做的最基本的事情。

我们也有权要求给自己独处的时间，只要我想静静，可以一个人坐在电脑前发呆。如果说相拥而眠是婚姻的幸福，那么独处是婚姻中的另一种奢侈的幸福。

结婚后想要独处真的太奢侈了，哪怕不是跟公婆住在一起，总会有孩子，如果孩子闹的时候，先生想静静，我会带孩子出去，给他一个独处的空间，或者他带孩子出去，换我一个人在家里放空。

一个人的时候害怕孤独寂寞，结婚之后有吃有喝有穿，还有伴儿，但唯独缺乏独处的时间。很多人在忙碌的家庭生活中开始怀念从前，甚至发出一种感叹：如果还是单身多好！

以前，有些作者喜欢写：愿时光停留未嫁时。那时候不懂，如今全都懂了，是后悔结婚了吗？不，只是单纯地怀念那时的时光，那些慢悠悠的可以随时浪费掉的时光。

每个人都会成长，成长就像一个少女变成少妇一样，这个过程让女人背负的东西越来越多，不管你是否愿意，你都要像一支队伍一样强壮，因为你不是一个人，你的时间会被亲人、朋友分割。直到有一天，你完成一个项目或写完一个文案的时候，坐在路边的咖啡馆喝咖啡，才发现独处才是你唯一让生活慢下来的方式，你可以随意地翻阅手边的那本书，也可以插上耳机安静地把一首喜欢的歌听完。

我从不认为独处是已婚女人向往的一种状态，其实单身的女子也一样。十一岁的侄女刚刚经历了父母离婚，她选择跟母亲一起生活。但随着母亲越来越忙，她的生活也并不好过，她想安静地躲在房间里看会书，母亲会敲她的门，借故送牛奶进来，实则想看她在干什么；她晚点回家，母亲就会找开手表电话的定位跟踪她，看她到底在哪里，会不停地打电话，让她感到十分无奈；有时母亲会因为很小的一件事借故找她。她明白母亲一个人带她承受着很大压力，又担心她青春期叛逆，她说："我爱她，但当我一个在房间独处的时候，才觉得生活是自己的，终于不用在她面前装得十分乖巧或者怜悯她，那段时光是属于我一个人的，哪怕是躲在洗手间里如厕的几分钟，我也十分珍惜。"

有人在知乎上提出一个问题：为什么有人开车到家后，还会独自坐在车里抽根烟或单纯地发呆？

网友给出一个真实的答案：因为那是一个分界线，推开车门你是父亲、是儿子、是老公，唯独不是你自己，你在车上静静地抽根烟，这个时刻属于自己。

不得不承认，我们的不快乐永远是活得不如意，如果都像孩子一样因为糖可以乐半天多好。我们肩负的东西太多，现实早已磨平了我们的棱角，我们又不甘落后，只好奋力追赶，在工作中不敢松懈，在生活中不能跟同龄人相距太远，可谓是从工作这个战场跑回家庭这个战场，一不小心又跑进社交那个战场。

很多时候，我们不快乐是因为我们对自己要求太高，有些人连什么时候休假都写进计划表里，眼看着日子逼近反而更加焦虑不安，因为这种度假不像是一个人出行，而是为一家子服务，难免让人对人生产生怀疑。

休闲独处是一个奢侈品，什么时候真的可以关掉手机、关掉电脑，面朝大海，不必春暖花开，放空自己，已经是最好的了。

我知道有些作家一直保持着一个良好的习惯，早上六点起床，写一个小时的稿子，然后给自己做个简单的早餐，出门散步，看看街上匆匆而过的行人，再寻找自己的幸福感。或许就应该这样做，也只有这样才会发现原来自己是这么幸福。两个人走的时候，一半的心思放在对方身上，一半心思放在风景上，这样才发现独处是多么难能可贵。

聪明的女人懂得什么时候放下，然而这放下也并非真的放下，她只是假装放下，不再去想，先搁着，暂时放下。这种女人懂得见缝插针，也许在孩子睡了之后的半个小时听听自己喜欢的歌，也许是孩子上学后回来睡个回笼觉，偶尔一个人坐在公园的草地上翻几页书，然后掩卷沉思或微笑。

独处的时间不宜过多，多了就是浪费，它像金子一样十分矜贵，所以必须好好珍惜。你会在独处时听见内心的声音，你还是你自己。也只有在独处的空间里，你才寻回最真实的自己，那个十六岁怀揣梦想的自己，曾因一本小说落泪不已，又曾因拥有一个娃娃拥有了全世界，并没有被这个忙碌的世界遗忘。忙里偷闲的日子才是女人的秘密花园，承载着女人未完成的梦和快乐与否的开关。

正如我偶尔跟先生吵架之后一个人在街上走走，回来当什么事都没发生一样。

迎面遇见自己，最终活成自己，不过是每天留点儿时间与自己相处。一个人独处的时候，把自己好好宠爱一番，不负光阴，不负如来，不负自己。

婚姻在我们的人生中划了一道分界线

亦舒说："爱的是一个人，与之结婚的又是另一个人。这算是一个不错的现象，心存美好，又接受了婚姻的现实。"

她还说："结婚与恋爱毫无关系，人们老以为恋爱成熟后便自然而然结婚，却不知结婚只是一种生活方式，人人可以结婚，简单得很。世上并无美满婚姻，只看当事人可以容忍到什么地步。"

看见没，她说到了容忍，就比如她说："爱是恒久忍耐。"婚姻当中多少都夹杂着爱，如果连爱都没了，剩下的柴米油盐更显得赤贫。

喜欢亦舒，是因为她总能把男女间的爱情看得那么透彻，又理智地把爱情、金钱、尊严等分得那么清楚。是的，如今社会上的男女似乎精明了许多，少了那个年代的包容，多了这个年代的戾气，一言不合就把责任推到对方身上，导致婚姻如坟墓一般黑暗。

在民政局上班的同学清言说，有一次遇到一个结了三次婚，又离了三次婚的女人，每段婚姻大概维持在两年左右，离婚原因都是感情不和，每段婚姻都没有给她留下什么房产，很多时候都是男女对分财产，而她在第四次熟练地跟那些第一次离婚的女人讲怎么填表，怎么在网上预约登记。

我听完张大嘴巴忘了合上。在民政局上班的清言继续说，她是相信婚姻的，也不想孤独终老，但每次都太仓促，还没了解对方是一个怎样的人，就匆匆往民政局跑，结果到最后发现对方一堆缺点，所以又离婚。

我沉默了，要多爱一个人才会想着跟对方白头到老！我想这个答案亦舒可以回答，三毛可以回答，张爱玲也可以回答，她们都是那么相信爱情，又不顾一切地与一个男人私订终身，最后发现了婚姻的真相。三毛是真爱荷西，所以同床共枕六年，直到荷西离去，她说："轰轰烈烈的恋爱，舍命的读书。"

而亦舒，她早已看透了婚姻，所以对婚姻根本不抱希望，没有了希望便不会有失望，所付出的也都心甘情愿，没有谁亏欠谁，睁一只眼闭一只眼，也活得开心快乐。

至于张爱玲，她的情深无人能懂。她对胡兰成是爱，是责任，最后明知对方不爱她了，仍然顾及他们之间最后的体面。爱是卑微的，只有经历了才懂，可是婚姻不一样，它担负着责任。张爱玲不想他活得太狼狈，所以把稿费都寄给了他，换作其他人，如胡兰成这么对一个女人，估计那个女人不会顾全他最后的体面。张爱玲之所以是张爱玲，是因为她不想负他，哪怕对方早已负了她。

好的婚姻让女人像拥有了全世界那么幸福，而坏的婚姻是通过一个男人失去了全世界。

L先生年过三十五，做着一份朝九晚五的稳定工作，但却是出了名的懒。结了婚，他下班回家后脱了鞋就窝在沙发上打游戏，最近还嫌老婆煮的饭菜不好吃，他的妻子来气了，“你是不是在外面吃过好吃的饭菜了？行，嫌我做的不好吃，那你来煮好了。”可即使妻子已经火冒三丈，L先生仍然认为这只是她的诡计，目的就是让他下厨做饭，他可是一个酱油瓶子倒了都不会扶一下的男人，怎么可能进厨房做饭呢？

刚结婚的时候他也是一个比较勤快的人，那时的他至少吃完饭洗碗、擦桌子，可如今却两手把碗一推，又坐在沙发上打游戏去了。

老婆说：“你拖下地吧！”

他说：“我拖了地，你干吗？”

老婆说：“你总得做点儿什么啊，厨房的灯坏了，你去换一个。”

他说：“那很危险的，有电。”

老婆说：“公司人事调动，我可能会失业。”

他说：“关我什么事？”

老婆说：“你接一下孩子，晚上公司有个活动我必须要参加。”

他说：“我要加班，平时都是你接的，我不知道幼儿园在哪里。”

老婆说：“我想出去散步，你陪我好吗？”

他说：“我没时间，我要陪网上的女朋友打游戏。”

老婆说：“我想睡一会儿，今天不用上班，心情不好。”他霸王硬上弓。她很累，心累，身体也累，看着那个打游戏打到深夜的老公，第一次拿着枕头与被子到客房去睡，他头都没抬一下，等他累了一个人上床睡，发现老婆不见，一惊，随即想起老婆在隔壁客房，又很安心地睡了。

老婆开始筹划下半年的工作，她发现原来自己可以身兼多职赚取更高酬劳，于是接了出版社的活儿，另一边又替一家广告公司写文案。白天带孩子，等孩子睡了后，她就坐在灯下写稿子。她活得神采奕奕，只不过好久都没有回到主人房睡了。

L先生问她：“这大半夜的折腾什么呢？早点儿休息吧。”

她说：“我在工作呢，你去睡吧。”

他说：“你在家工作？你不用出去上班？你把工作带回家做？”

她越来越讨厌这种质问，越来越喜欢抱着电脑坐在楼下咖啡厅的感觉，因为每天一推开家门，迎面而来的是一个不懂自己的丈夫，还有一堆家务事。

有一天，她突然说：“我想搬出去住，你有什么条件？在我能力范围内，我尽力办到，离婚吧！”

后来她说：“家不是我一个人的，如果是我一个人的，那我干吗要洗他穿过的袜子？如果说改变，一个人用两年的时间去改变还不够吗？但他根本就没想过下了班之后的时间做什么，我不指望他可以像某些人那么拼，下了班还去做另一份兼职，但至少让我看见他有在为家付出，分担家务，而不是什么事都跟他没关系。酱油瓶倒了都不扶一下的人，我怎么跟他过？”

我认为最好的婚姻是一个付出，另一个懂得对方的付出而去分担。这种婚姻似乎越来越少见，人们都以压力为借口，说得他上一个班就可以回家当皇上一样，而老婆天生就是他的奴婢，任他指使，这样的婚姻怎能长久？

我爸是一个十分爱妻的人，有时我说我妈几句，他都会出来护着她。在他的保护下，我妈快六十的人了，还像个孩子一样。

他会每天起来烧开水，煮好早餐，好让我妈起来有热乎乎的早餐吃，中午买好菜回来做饭，我妈洗碗，第二天要吃什么菜，前一天晚上他们就商量好。他说：“做了人家的老公，你们的爸爸才知道以身作则是怎么一回事。我养你们是责任，你们尊重我、爱护我是感恩。”

那个年代非常不容易，我妈一个人带我跟妹妹，我爸一个人上班，经常缺粮缺衣。我妈会去我表姐家挑一些穿过的衣服给我们姐妹，这样就省下一笔置衣钱，而我爸会去我姑家摘一点儿菜，这样一来又省下一笔买菜钱。

婚姻从来不易，如果你觉得容易，那一定是有人替你负重前行。一个团队尚且讲究分工合作，一个家庭也是这样。“贫贱夫妻百事哀”说的是钱，但如今不是缺糖缺衣的年代，那对方为你付出了什么？你又为对方付出了什么？不是说生死关头你放弃了对方才不配，而是家里的大小事你都上过心吗？

每个人结婚前都是家里的小王子、小公主，她爱你，甘愿为你洗手做羹汤，而作为男人每月给一点儿家用，除此之外家里的一切都跟你没关系，你也要付出点儿什么，才称得上合格的丈夫。

这年代谁没个压力？老婆在家带孩子是减轻你的负担，要不然她去上班工资未必比你低，现在保姆工资已经比普通的白领工资高了。这个世界没有什么是尽如人意又十全十美的，你得到一些也必定失去一些，如没有想清楚婚姻中的利害关系，那还是选择单着吧，别到时害人害己，还害刚出生没多久的孩子。

大多数的婚姻都是相互的，你爱我一点儿，我也会爱你多一点儿，你懂我为这个家的辛劳付出，我也会心甘情愿多做一点儿。大家都在成长，与过去的小公主挥别时已做好了为你牺牲一切的打算，唯一的希望就是你别让我失望。这个希望一点儿都不过分，因为在婚姻这件事上，我们已经结成联盟，不分彼此，有福同享，有难同当。

请给自己一个重生的机会

几年前，某医院，一名待产孕妇从楼上跳下身亡，连同她腹中的孩子一同奔赴黄泉，造成一尸两命的原因竟然是产妇两次走出分娩中心，跟家人说想剖腹，但家属一直不愿意签字，并坚持顺产，医护人员劝孕妇回产室待产，并建议家属剖腹产，但家属仍然坚持顺产，故造成悲剧。

我想不通的是为什么家人会如此坚持产妇顺产，难道医生的话他们也不听了吗？是愚昧还是无知，是故意还是有私心？明白人都知道产妇生孩子都像从鬼门关走一圈再出来，重则失血过多，轻则痛得死去活来，这个时候丈夫扮演一个什么角色？里面那个可是他的孩子，是与他同床共枕的妻子啊，为什么不能让老婆剖腹产子？

一个男人如果只做到播种而无实际作用的话，那么这个男人不要也罢！一个男人在重要关头没能救你一命，那干脆一了百了，我忽然十分理解孕妇跳楼的心情。她是绝望的，心知在这个时候不顾自己生死的人，哪怕顺利踏出这个产房，也是无法跟他们一家子过下去。一个冷血的人怎么配做孩子的父亲，做她的丈夫。

或许在这之前她已经得不到夫家的重视，或已有了抑郁症的病症。自然，她也曾热切期盼着新生命的到来，也许孩子的出生带来新的希望。只是她仍然像秋天的落叶，她跳下去的时候估计没有犹豫，所以才那么决绝。

再去责备那些冷血的家属有用吗？这则新闻引起了未婚女孩的恐惧与悲凉，为什么孕妇不能决定自己的生命？

理由如下：

一是从医学角度来说，一旦做手术，病人就会处于被麻醉的状态，如果手术中发生什么变化，医院方面很难证明病人是在自愿且清醒的状态下签字，所以需要家属签名，以防家属闹事。

二是孕妇做手术是一个十分特殊的案例。几千年来女人活在男权社会里，故潜意识里男人有权决定自己的妻子是否动手术，作为孩子的生物学父亲，他在法律上主张权利要排在娘家人前面。

生孩子是女人在鬼门关走一遭，生产的那几个小时是女人人生中最难熬的时候，疼痛意味着她将踏入另一个阶段，是另一个人的母亲，是另一个人的依靠，是孩子的保障。此时此刻，她的心情也是十分复杂的，是痛苦中夹杂着喜悦，这种既幸福又可以为了孩子去死的心情，只有做过母亲的人才知道。几乎所有母亲都会用自己的生命守护十月怀胎带到世上的孩子，可是又有谁来守护这个伟大的母亲呢？也许除了她的父母，再也没有别人了。

这时，如果家属不签字，她除了硬撑着没别的办法，可是分娩的疼痛往往让人生不如死，哪怕她再勇敢，有为了孩子去死的心，但仍然无法避免在顺产过程中出现其他意外，一旦孕妇真的出了事，再手术已经来不及，你们可以想象那种产后大出血，孩子一出生就没了妈妈的场面……

女人想要像男人一样活在这个世界，唯自主与理性是很难的。在中国，做一个未婚女人很难，做一个已婚女人更难，为什么会难？因为自我价值被低估，如果没有足够强大的内心，无法主宰自己的命运，那么这个女人真是处境堪忧，运气好的遇到一个爱你如爱己的男人，运气不好的遇到的都是坑，一不小心粉身碎骨。

很多女人心存幻想，以为为男人付出，就会有回报，但是如果这个女人不能主宰自己的命运，那么这个女人很被动。

女人很多时候是伟大的，但更多的时候是圣母，社会时时刻刻让女人丢了自己的魂，让女人活在男人的阴影下，就连香港已逝歌星梅艳芳都曾说：“我谈恋爱的时候很情绪化的，会被对方影响，不知不觉变得神经兮兮，如果不谈恋爱又十分正常。”

是的，恋爱中或婚姻中的女人最容易被对方影响，最终丢了自己的魂，她的思想被男人左右，她的主见基本上是没有的。

我在这里只想奉劝女性朋友："请给自己一个重生的机会。人生很漫长，在一个男人身上看不到希望的时候，千万别以为生一个孩子就好了，这不是一个人的事，也不是一个家庭的事，是一个国家的事。"

如今已经放开二胎，有些人跃跃欲试，天真地以为有了第二个孩子能唤回丈夫不在的心。那些一往情深的母亲一边在事业上疲于奔命，一刻都不敢放松，另一方面又希望给家里带来生机。更多的女人变成一个装满甜酸苦辣的器皿，外面色彩斑斓承载着希望，但里面夹杂着失望。

这个世界男人很多，女人也不少，如果跟错了人，请及时放手，给彼此一个重生的机会。香港很多单身母亲带着孩子也过得很好，把孩子放在教育机构，下班再去接回来，有些几乎全托在那里，放假的时候再接回来。她们活得雷厉风行，有空就谈一场恋爱，永远神采奕奕。

很多女人在朋友圈里说下辈子做男人，只要会赚钱就好。可今世是女人，何不把生活过得更精彩？与其希望上帝保佑，不如踏实过好每一天。

我最感谢妈妈对我说过的一句话："一个女人，随着时间，总有一天所有的人都会要求你去做妻子、做妈妈，可你不要忘了提醒自己，你还有才华。"

嫁对人十分重要

有些人刻意把生孩子这件事情夸大来说，其实生孩子不是拍电视剧，没有那些撕心裂肺的吼叫，不会抓着床单狂叫，因为医生会告诉你怎么呼吸更舒服。如果孕妇用本来呼吸的嘴大叫，那只会增加自己的痛苦，消耗自己的体力。没错，孕妇进了待产室，最好听医生的话，这样有百利而无一害。

我去生的时候就是这样，乖巧地听医生的安排。医生很忙，会同时照顾几个待产的孕妇。当时我邻床的一个孕妇痛得受不了，用头去撞墙，医生说："你看看人家，比你个子小，胎儿比你大，人家也能忍耐，你都第二胎了，这是干吗呢？"

孕妇提出要求："我要无痛分娩。"

她打电话跟老公说要无痛分娩，她老公同意了，于是医生给她打了一针，随即她便安静下来。

而我依然静静地躺在那里等待，因为这种宫缩的疼痛我可以忍耐，所以也没提出无痛分娩的要求。不知道为什么身边的机器突然响了，医生过来一看，原来是缺氧了，给我插上吸氧管，这时我感觉好点儿，也不晕了。过了没多久，医生叫我去小便，我拉不出来，就这样走进产房。记得疼痛已经让我忘了一切，有个医生过来侧切，我已经完全没感觉，只觉得自己特别伟大，特别勇敢，还摸着肚子默默跟孩子说：“宝贝，妈妈为了你变得可勇敢了，你出来后也要像妈妈一样勇敢哦。”这时医生会鼓励我：“呼……吸……呼……吸……肚子用力……”没多久孩子就飞出来了，是的，是飞，我还想，还好护士小姐把孩子接住了，如果没接住就完蛋了。

我看着医生剪脐带，将孩子擦干净抱到我面前，护士小姐分开孩子的双腿，医生问：“看看，是男孩还是女孩？”

这时的我没戴眼镜，侧头一看，看见孩子极像男孩，便说：“男孩。”

医生与护士都笑了，“再看看。”

我再看看，噢，没小鸡鸡的，于是又说：“是女孩。”

医生与护士才说：“嗯，是女孩。吓死我，你说我怎么赔个男孩给你？”

我也笑了，医生、护士挺幽默的，努力逗我笑，努力让我保持清醒。

这时，医生要替我缝侧切的伤口，每一针都直接扎在肉里，痛得我咬牙。我问：“为什么不打麻醉针？”我清晰地感到自己手脚冰凉，头皮发麻，害怕夹杂着痛苦。医生说：“快完了，最后一针。”其实她说的最后一针永远有下一针。

缝完之后她们就出去了，我躺在产室接受观察，然后我看见躺在小床上包裹着粉色包布的孩子，忍不住笑了。经过一天一夜的折腾，很累，很困，我觉得身体都被掏空了，可是我不敢睡，一来听说医院里有偷换孩子的，二来真的不敢睡，因为那小天使的脸太可爱了。

不知道是什么支撑着我完成生孩子的过程。生完孩子第一次上洗手间，我就直接晕倒在里面。每个女人的体质都不一样，一味地夸大生孩子怎么痛怎么不易就有点儿过了。

每个顺产的女人都一样，要宫缩，破羊水。怀孕时，部分女人有反应也很正常，不能吃腥的，吃了会吐，不能吃太寒凉的东西，吃了对胎儿不好等等，问题是这个时候是否有人理解你、支持你、照顾你。我记得怀孕的时候我妈来照顾我，眼看着肚子一天天地大，我却一天天地瘦下来，母亲急坏了，看我吃什么吐什么，她不厌其烦地煮，我再吃、再吐，慢慢地这种情况好转，并且我会积极听一些产前讲座，如果孕期呕吐，空腹吃两块消化饼会缓解。

这时，产妇的情绪要正面，不能偏激，更不能被外界的东西影响。

嫁给一个怎样的男人，他会直接影响你的身心，不要“死到临头”才知道这个男人不能要。

在产房前不顾你生死的男人，你说什么他都听不进去，自然不会顾及你的感受，他在意的是你生的是男孩还是女孩，不会管你能不能顺产。

翻了翻跳楼产妇微博的评论，看见那么多人骂家属，我觉得十分安慰，因为人类的文明进步体现在如何重视妇女、儿童上。微博中的一条评论让我觉得太赞了：姑娘，嫁对人很重要，结婚生子不过是人生的必经阶段，而那个男人会不会在你需要的时候伸出援手，才是决定你一生幸福的关键。

记住，你要好好的

有些人拿最贵的手机，穿最好牌子的衣服，你却在他身上看到两个字：不配。

不是因为他没有这个能力，而是他人品不行，与大牌的设计初衷背道而驰，反而显得他这个人俗气。

有钱不是了不起，有钱也得尊重别人，然后获得别人对你的尊重。

小姿的老公很会赚钱，但似乎除了赚钱什么都不会做，家务事一概不理，煮好饭也要端给他，一言不合就嫌弃小姿做的菜不好吃，嫌弃小姿日渐肥胖的身材，嫌弃小姿除了在家搞卫生不会别的。

一个周末，小姿的老公六点半醒了，醒了后他睡不着，一阵早晨交响曲：起床，洗澡，开音乐，开门关门……声音吵到小姿，她就说："今天又不用上班，怎么那么早起床？"

十分平常的一句，结果惹她老公生气了，她老公抡起一把椅子就往地上摔，嘴里说着："我起床怎么了，我睡不着还不能起床吗？"

看着木地板在椅子的撞击下裂开，椅子又反弹到衣柜上，衣柜门又破了一个角，小姿看不下去了，转过身面对墙，心想：这日子没法过了。

以前她老公也曾有过摔东西的习惯，摔碗、摔碟子，摔完就走，但没想到今天变本加厉。有人说不能惯，你越惯，他越起劲儿。小姿明白平时是对他太好了，以致他认为可以骑在她头上。一分钟后他还没有停下来的意思，她起床，拿起他放在桌子上的电脑往地上一摔，直到电脑摔得稀巴烂为止。她知道电脑对于她老公来说不贵，以他的能力大可以买个十台八台回来，可电脑里面的资料如果没备份，就再也找不回来了。小姿是豁出去了，她在赌，赢的话就是她老公从此不敢再轻易摔东西。搞破坏谁不会！如果赌输了呢？那么他们的结局是玉石俱焚，一拍两散。

小姿赢了，从此以后她老公再也不敢轻易摔东西，脾气也变得好了起来，有什么事也愿意跟小姿商量。面对丈夫的改变，小姿知道他还是愿意接受改造的，毕竟一个家组建起来不容易，两人走在一起靠缘分，决定能不能走下去靠的是彼此能否珍惜。

是的，面对最亲的人对自己发起挑战，一开始都会选择忍耐，但每个人都有底线，碰触了之后，谁都别想好好过。

小姿漂亮地赢了一仗，这个故事告诉我们，女人别一味纵容男人，面对他的进攻，步步后退一点儿用都没有。

其实小姿之前也想，忍忍吧，吃他的，住他的，但转念一想，凭什么啊，我没结婚的时候也是父母的小公主，我也有独立的人品，我把家收拾干净，煮饭做家务带孩子也是付出，也是在工作。如果她不做家务，那就得请保姆，做家务带着孩子，没有七千是不行的，加上家里的日常开销得一万五。如今她一个人做后勤，做好三餐，让老公回来感受家的温暖，这一切不是用钱可以衡量的。

记得小姿老公第一次发脾气摔碗的时候，小姿哭着打电话给我，我安慰她说："可能他工作压力大，你又没上班，忍忍吧。"

第二次摔东西的时候，她已经平静了，她说她老公摔东西的时候像是摔别人家的东西，末了她说："我好像已经习惯了。"

我说："不能习惯，习惯就成自然了。你先不理他几天，看看他的表现，别让他觉得一不顺心就可以在家里摔东西。今天摔碗摔碟，明天手里拿着把刀，是不是也要朝你飞过去？很多家暴的前奏就是这样。如果他打你，你得跟他离。这种事有一就有二，不能忍，同时也要告诉他你的底线在哪里。"

直到这次，小姿漂亮地反击了。不是所有人都可以容忍一个男人对自己一而再，再而三地践踏，有什么话可以当面说清楚，又不是杀人放火的事，至于摔碗摔碟吗？

冷暴力尚且是婚姻中的致命武器，这种明显有暴力倾向的行为更让人难受。夫妻间缺乏交流或交流出现问题，这本身就是隐患，如果不把问题找出来解决掉，婚姻就可能结束。

婚姻自然不是童话，但也不能是个笑话。小姿摔完后平静地给我打电话，她说："我已经做到这一步，接下来就听天由命，如果他要好好过，那以后就不许再摔东西，如果他要离婚，那我点头。"

我知道她此时此刻一定心如死灰，想哭又哭不出来的那种感觉。我对她说："那你好好的，记住，千万别伤了自己，只要好好活着，一切都有希望。"

她听我这么一说，才决堤般哭了起来，她重复着我的话，喃喃地说："我会好好的，答应你的。"

一日夫妻百日恩，至高至明日月，至亲至疏夫妻，相爱容易相处难。婚姻中最可怕的是用暴力来刷自己的存在感。婚姻中，包容对方没有错，怕只怕对方永远不会长大，永远不会顾及你的感受，所以，你得答应自己，一定要好好的。

你养不起我

很多人对周星驰印象最深的台词是柳飘飘说：“不上班，你养我啊？”

伊天仇说：“我养你啊！”

任何女人对这句话都没抵抗力，然而现实中的“我养你”并不存在。如今的女人也不是旧时代的女人，她要买包包、买化妆品、买衣服，除了这些，还要偶尔出去吃个海底捞什么的，自然，电子产品也要更新。如果一个男人不能赚很多钱，那他凭什么张口就迷惑女人，说什么“我养你”？

三十岁的张小姐在一家外企上班，最近换了个领导，天天加班，但又不给加班费，还扬言谁不想做可以申请离职，公司付那么高的工资不养闲人。她下班回来几乎八九点了，错过了接孩子的时间，只能让老公去接。那个拿着不到五千工资的老公对她说："你的工作又没前途，天天弄得自己那么累干吗，请保姆也要钱，你的工资又不太高，不如你辞职回家带孩子吧。"

张小姐也知道自己能力有限，但又不想做伸手党，她说："那怎么行，好歹多一份工资，家里也没那么大压力。"

她老公说："你能吃多少？我养你还不行吗？"

自然，这个月薪五千的老公压根不知道老婆平时是怎么花钱的，物业管理费好几百，停车费也要好几百，还有孩子长大了，鞋子一下子就不能穿了，衣服什么的都要换，这也是一笔开销，而张小姐去市场买菜的时候被人偷了手机，又得重新买一个，这还没算供房的两千元。周末出去吃饭，张小姐点了一份自己想吃的三文鱼，买单的时候老公对着那张两百多的账单说："养不起了。"

男人没本事不重要，重要的是不要忽略女人对这个家庭的付出，没有谁是谁的拖油瓶。

很多月入一万的男人都不敢轻易说养谁。女人对"我养你"这三个字毫无抵抗力，一旦对男人产生幻想，就会忽略男人是否有这个本事。其实很多女人也想给个机会让男人养，自然也想退下来休息一下，但女人认为的"养"是可以支付她偶尔跟姐妹逛逛街，吃个下午茶，报个兴趣班的；而男人认为的"养"一般泛指在家洗衣、做饭、带孩子、孝敬父母，他只供你吃喝，却要你为他做牛做马，甚至不会给你一身漂亮的衣裳。

说到底，男人没钱就不要说什么“我养你”的情话了，先掂量掂量自己是否养得起。

真正爱你的男人从不轻易提到钱，但他舍得为你花钱。老胡娶我的时候我们准备换个大房子，旧房子在我的名下，我要赎楼的时候缺十万元，他主动把钱打到我账号上，这就叫爱。

很多人临近结婚的时候会闹翻，原因大多都是钱，我的老同学就是这样，燕子跟男朋友拍拖的时候没要求对方为自己付出什么，结婚的时候只想要一个五十分的钻戒，男方却说买个几万块钱的戒指是浪费钱，这戒指能吃还是能喝呢？

其实女人追求浪漫能理解，关键是这几万块钱最后也是由她来出，她就想嫁得体体面面的。这枚戒指代表着她的心，代表着天长地久，并见证着他们的爱情。最后，男人见燕子自己掏钱买戒指不乐意，非要燕子把这钱存在他们的联名卡里。燕子见他这样反而冷静了，她说这婚不结了。十年感情一朝化为灰烬，最后他们以分手收场。

有些男人的爱情观与婚姻观里是没有钱这个概念的，他认为谈钱说明不在乎这个人。你不是爱我吗？那我一贫如洗，你还爱我吗？这时女人反驳，假如我没身材，没样貌，没学历，没收入，那你爱我吗？

另一种男人会主动跟女人谈钱，他认为娶你就得准备好房、车、婚纱、戒指，还尊重你的意见，你喜欢怎么装修你说了算，你要怎样的戒指我都有预算。他觉得自己的女人就得用最好的，在他能力范围内让一个女人过上好日子是他应该做的，并且她提出不要破费的时候他也会心存感激，觉得自己娶了一个好女人，更加珍惜爱护她。

男人的钱在哪儿，心就在哪儿。他愿意为你付出，他是爱你的。谈钱虽然俗，但我们都是凡人，谁不俗？

做老公的愿意把赚到的每一分钱都交给妻子，做妻子的合理支配，并做好老公的后勤，哪怕有一天老公没收入了，至少能保证家里半年的生活没问题，而不是专心去做老公的保姆。

我见过很多幸福的家庭，他们都把钱看得很重，有福同享、有难同当不是嘴巴上说说而已，而是男人心甘情愿把工资卡交到妻子手里，由她支配。

我老公就是这么一个人，家里的钱除了供房及自己留两千，剩下的钱全都交给我，并且从不过问这些钱都用在什么地方。

女人天生缺乏安全感，把钱交给她，会让她感到幸福，感到被重视，这就是所谓的安全感。本来钱就是两个人的，况且女人一般都会把钱用在家庭开支上，为什么不呢？

一个有觉悟的男人知道家庭稳定了，才能在前面冲锋陷阵。如果不放心妻子，那为什么娶她？钱自然不是婚姻的全部，但贫贱夫妻百事哀。女人期待面包我自己买，你给我爱情就好的生活，怕你不光不给爱情，还理所当然地吃着她的面包。

一个男人如果做不到为女人遮风挡雨，那至少不能给她带来风雨。女人不是讨厌你穷，而是讨厌你穷还穷得理所当然，穷得花言巧语。

后记：单身总是有原因的

有个姑娘跟我说她跟相处不到一年的男朋友分了，原因是男朋友忘不了前女友。看着她一脸失落的样子，那掩盖不住的失落感与一夜之间冒出来的痘痘，我不忍再伤害她，尽管我知道她的问题在哪里，但依然不忍直说。

不用看那男人的前女友照片，我也知道这姑娘输了，情场如战场，她输在哪儿呢？看她化悲愤为食欲的样子，看她日渐胖起来的身体，我忽然替她感到悲哀，如果她继续这样下去，估计很难找到男朋友。

前不久我跟她有过一次短聚——因为都是朋友，有些已婚的朋友顺便把孩子也带来——注意到她一个人默默地坐在那里，偶尔会替旁边的朋友添茶倒水，但就是没法跟我们聊到一块去，我想，也许彼此都不太熟悉，又或者她本身就是内向的女孩子吧，也没多在意。后来上菜了，她更是闷着头在那儿吃菜。很多人都在玩手机，拍照，上传，等她们忙完的时候，菜也没了，因为这位姑娘没有等我们，一个人吃了一只鸭、一条鱼，剩下的一盘青菜也被翻得不成样。我看着碟子里的鸡头鸡爪，瞬间觉得餐桌上的礼仪十分重要，一个人的素质，绝对能从餐桌上看出来。

果然我听见有小朋友抗议，小声地跟她妈妈说她没吃饱，她妈妈尴尬地笑了笑，眼睛不自觉地看向这位姑娘。

有小朋友的场合，很多人都会主动招呼小朋友多吃点儿，这体现的不光是礼仪，还有爱，而这位姑娘一看就是只顾自己。她的表现让人失望，并让人看出她的教养，就连一直张罗着给她介绍男朋友的大姐都说："这姑娘拿不出手啊，你说把她介绍给一些优秀的男生，她首先过不了餐桌那一关。"

如今有些姑娘长相一般，还等着别人主动追求，这本身是没错的，女生矜持一点儿没什么，可是我又发现一个问题，如果面对自己喜欢的男人都抱着却步不前的态度，只能说明你不勇敢。

我相信相貌决定两个人是否在一起，而一起走下去就得考验大家的人品了。对于一个长相普通，走在街上几乎没有回头率的女人，我是比较建议她主动出击，要不然对方根本不会留意到你，你又凭什么认为对方会爱上你呢？

翻了翻她的朋友圈，刻意修饰过的朋友圈显得那么小家子气，自我感觉良好的自拍照几乎每天都有，我断定她喜欢的男人应该是在她的朋友圈里，用手机拍下的大量照片，还有一些开着车拍的视频……

曾经有个富二代男生对我说，一个女人乖巧听话是最惹人爱的，如果看她的朋友圈发现一张在飞机上的照片，那这个女人不能交往。

我问："为什么。"

他说："很简单，航空公司为什么规定要关闭电子设备，就是因为这些电子设备没有经过安全测试，她这么做不是无知，而是自私，她在拿整个机舱人的性命开玩笑。"

我点头。

他又说："那些开车拍照、回信息、接电话，甚至拍视频的女生，我也是没办法理解的。开车是一个注意力高度集中的活儿，不能疏忽大意，谁都知道一低头五十米，真撞车了很正常，如果伤及无辜那就无法原谅了。"

我觉得他说得太对了，于是我又问他："那么你怎么看餐桌上的礼仪？"

他说："餐桌见人品，一两次就可以看出对方的素质，那些喜欢把菜乱翻的人几乎没有第三次。还有一些只顾自己吃，不给别人留几口的，估计家教不好，如果做朋友还可以，做伴侣就免了，一想到日后要跟她以及她家里那些人相处一辈子，就会觉得生不如死。"

我又问："为什么？"

他说："也没什么，一个只顾自己吃，不给别人留几口或留下来的都是她自己不爱吃的，你说她多爱你多喜欢跟你在一起都没用，因为她表现出来的就是自私。"

我自然明白他的意思，有时候餐桌上的礼仪决定了友谊是否继续，也考验着你是否得人心，这种是装不出来的，哪怕你在谈恋爱的时候小心翼翼，明知这是一种不好的表现，处处克制着自己，但总有一天会露出马脚，与其装斯文、装淑女，不如一开始就坦诚相待。

文章开头的那位姑娘，我想对她说的是，如果心中没爱，又怎么会得到别人对你的爱。

有时候男人看一个女人不光看样貌，还会看她对小朋友是否有爱心，吃饭的时候会不会礼让，是否把好吃的留给别人，坐飞机的时候有没有关电话，开车的时候是不是能做到全神贯注。

不得不说，我父母的婚姻是最让我感动的。有一次我回家的时候没有提前打电话，到家的时候他们已经准备煮饭了，米可以多煮一点儿，但菜已经来不及再买，我说没事，我减肥，吃得少。

吃饭的时候父亲很少动筷子，我看他光吃米饭与青菜，忍不住夹了一块鱼给他，他说："不用，你们吃好了，我也不爱吃鱼。"

我分明看见他吃鱼的时候吃得津津有味，哪里会不爱吃鱼？其实我心里明白，他是想把鱼留给我跟我妈吃。

如果有幸嫁给这种男人，我觉得是值得付托一生的。看我妈幸福的样子就知道，他懂得为别人着想，明明肚子饿也不会跟你抢，维持着一贯的风度与气量，哪怕午夜醒来也不必再问自己一句值不值得。

我姐就是这样，晓得照顾别人。我去她家，她永远会买我喜欢吃的大虾，还会亲自下厨煮给我吃。她回娘家也会照顾我们，把好吃的留给我们吃。有时我们买菜买少了，到了晚餐的时候几乎没什么菜，她会把好吃的都夹到我妈跟我爸碗里，自己就着青菜吃两碗白米饭。

我就是在这种家庭长大的，后来我也会把好吃的留给朋友吃，留给老公跟孩子吃。我这么做的时候并没有刻意，而是心里真的有他们。

一个只会想到自己的人，也许不会孤独终老，但至少他是不快乐的。人类是一个群体，我们有朋友，有同事，哪怕像我这样退了下来做全职作者，但我依然要面对编辑。若是觉悟得太晚那也没关系，从今天开始多关心别人，照顾别人的感受。一个人成功不是自己说了算，从别人嘴里说出来才真正算数。

很高兴遇见你，不后悔认识你！